MEURTRES À QUÉBEC

Meurtres à Québec

nouvelles

de

Hugues Corriveau, Michel Dufour, Douglas Glover,
Sergi Pàmies, Stanley Péan, Jean Pelchat,
Gilles Pellerin et Pierre Yergeau

L'inŝtant même

VILLE DE MONTREAL

3 2777 0043 1864 3

Maquette de la couverture : Anne-Marie Guérineau

Illustration de la couverture : Bill Vincent, Porte condamnée *(détails), 1987*
Acrylique sur toile (178 × 121,8 cm)
Collection Prêt d'œuvres d'art du Musée du Québec (CP.87.58)
Photographe : Jean-Guy Kérouac

Photocomposition : Imprimerie d'édition Marquis

Distribution pour le Québec : Diffusion Dimedia
539, boulevard Lebeau
Ville Saint-Laurent (Québec)
H4N 1S2

Tous droits de traduction, de reproduction et d'adaptation réservés

© *Éditions de L'instant même*
C.P. 8, succursale Haute-Ville
Québec (Québec)
G1R 4M8

Dépôt légal — 2ᵉ trimestre 1993

Données de catalogage avant publication (Canada) :

Vedette principale au titre :

Meurtres à Québec : nouvelles

ISBN 2-921197-22-7

I. Nouvelles canadiennes-françaises — Québec (Province). 2. Roman
canadien-français — 20ᵉ siècle. I. Corriveau, Hugues, 1948-

PS8329.M48 1993   C843'.0108054   C93-096767-4
PS9329.M48 1993
PQ3916.M48 1993

La publication de ce livre a bénéficié de l'aide financière du Conseil des Arts du
Canada et du ministère des Affaires culturelles du Québec.

DOUGLAS GLOVER

La Corriveau

traduit de l'anglais par Daniel Poliquin

La publication récente (1993) du roman *The Life and Times of Captain N.* chez Alfred Knopf (États-Unis) et McClelland and Stewart (Canada) confirme Douglas Glover comme l'un des romanciers canadiens les plus imaginatifs de sa génération, ce que savaient déjà les lecteurs de ses trois recueils de nouvelles, *The Mad River* (1981), *Dog Attempts to Drown Man in Saskatoon (1985) et A Guide to Animal Behaviour.* Ce dernier titre, d'abord publié chez Goose Lane en 1991, paraîtra à L'instant même dans la traduction de Daniel Poliquin (automne 1993). Comme dans « La Corriveau », Glover y court-circuite les époques avec le plaisir le plus évident.

1

Je me réveille le lendemain matin dans mon appartement pour touristes, rue des Remparts, avec un mal de tête colossal et un inconnu mort dans mon lit.

Il faut que je vous dise que c'est la première fois que ça m'arrive.

Coucher avec un homme mort, je ne fais jamais ça, moi. Souvent, les hommes que j'ai connus avaient l'air mort. Vous me comprenez : avachis, écrasés, dénués de spontanéité, ils dormaient dur ou étaient simplement ivres morts. Mais avant aujourd'hui, aucun de mes amants n'était décédé pour vrai.

Je réprime aussitôt le réflexe de croire que son malheur soudain et surprenant est un moyen détourné de me faire savoir que je baise mal.

À vrai dire, je ne me rappelle pas que nous ayons baisé, mais l'homme et moi sommes nus, les draps sont dans un état de dérangement révélateur et j'ai le corps endolori à certains endroits, je suis donc contrainte de tirer des conclusions gênantes.

Je dis « gênantes » parce que je ne me souviens de rien, pas même de son nom ni de quoi que ce soit à son sujet.

Ce que je sais, c'est qu'il est mort et nu. Et que c'est un homme. À part ça, je ne sais rien (j'ajoute qu'avec son corps d'athlète, ses yeux exorbités et ses lèvres épaisses, il

9

ressemble comme un frère à Mick Jagger, l'homme de mes rêves).

À vrai dire, je suis un peu inquiète de me retrouver au lit avec un cadavre (si beau garçon soit-il) et de penser qu'on pourrait éventuellement me croire responsable de son état, alors qu'en toute honnêteté, je ne puis dire que je l'aie déjà vu, même s'il apparaît indubitable que nous avons eu des rapports intimes avant, et peut-être même après, sa mort.

L'espace d'un moment, j'imagine avec optimisme que tout cela est une plaisanterie, que mon amant a un sens de l'humour noir qui lui fait imiter les cadavres de façon indûment prolongée. Peut-être est-ce l'un de ces petits jeux pervers ? Je ris de bon cœur et lui pince l'oreille aussi fort que je peux : il a le bout de l'oreille glacé et cadavérique au toucher.

Pas de doute, il est mort.

Je saute hors du lit avec un frisson de dégoût.

Au moins, me dis-je, lui, il n'a pas filé au beau milieu de la nuit comme les autres.

D'un autre côté, le petit déjeuner en tête à tête risque de manquer de vie.

Dans la salle de bains, je fais pipi et m'asperge les joues d'eau froide pour ranimer la circulation. Je cherche de l'aspirine partout et n'en trouve pas. Ma chevelure est un bouquet de nœuds enchevêtrés, et à l'arrière de ma tête, il y a quelque chose, on dirait une boule de gomme à mâcher collée. (Mais, bon Dieu ! qu'est-ce qu'on a bien pu faire hier soir ? !) Mes seins ont l'air amochés et minuscules : on dirait que j'ai une poitrine d'androgyne, on pourrait aussi parler d'atrophie. Je suis tellement grande que je dois me pencher pour voir mon visage dans le miroir au-dessus du lavabo. Un jour, un homme m'a dit que j'avais la taille d'une basketballeuse yougoslave impubère. Je ne crois pas que ce soit l'homme mort dans mon lit qui m'ait dit ça, mais il aurait pu. À mon retour dans la chambre à coucher, il est toujours là (j'avais espéré qu'il ait disparu ou que cela ait été un rêve ou une hallucination).

Voyez-vous ça : une pauvre fille va au carnaval de Québec pour s'amuser un brin, et qu'est-ce qu'on apprend ? Un homme mort vient la rejoindre dans son lit et lui gâche ses vacances. Je devrais me plaindre au ministère du Tourisme : à titre anonyme, bien sûr, et seulement lorsque je serai rentrée chez moi.

Il a les yeux ouverts, de petits globes bruns et glacés. J'ai un faible pour les yeux bruns et les hommes qui ont un accent. Je constate maintenant qu'il doit être Québécois et j'entrevois soudain avec horreur les répercussions constitutionnelles de ce drame, étant donné que je suis anglophone et Torontoise ; j'imagine les manchettes : UNE TOURISTE CANADIENNE-ANGLAISE ASSASSINE UN PÈRE DE FAMILLE QUÉBÉCOIS INNOCENT DANS UNE ORGIE SEXUELLE FATALE !

Les Québécois sont tellement susceptibles ces jours-ci.

Je me rappelle soudain son nom : Robert. En fait, je ne m'en souviens pas, mais il y a sur la chaise une chemise de travail, du genre que portent les mécaniciens et les livreurs, avec le prénom cousu sur la poche de poitrine, et le prénom est Robert.

Pauvre Robert...

Mort d'amour. Une attaque cardiaque, me dis-je, ou un choc anaphylactique causé par l'ingestion de fruits de mer. (Avons-nous mangé des fruits de mer avant de faire l'amour ? Je me dis qu'il faudra que j'examine le contenu de la poubelle dans la cuisine.)

Mais c'est à ce moment-là que je remarque la tache noire sur le drap sous lui, qui s'étend sur la moquette ininflammable, et le canif de l'armée suisse (je suis forcée d'admettre que c'est le mien, un cadeau d'un ancien amant obsédé de randonnées en plein air) qui jaillit de ses côtes, juste sous l'omoplate.

Mon mal de tête s'aggrave du coup, peut-être le prélude d'une authentique migraine. Au même moment, j'en veux amèrement à Robert qui m'impose de la sorte ses difficultés personnelles, dès le lever, sans même me donner le temps de prendre ma douche et un café. C'est alors que je décide de ne pas laisser cet incident troubler mon séjour à Québec (je n'ai qu'une fin de semaine de trois jours, dont le tiers est déjà perdu).

Sans attendre, je dresse un plan et le mets à exécution : j'attrape mon Robert par les chevilles (de belles chevilles délicates, pas comme mes troncs d'arbre, si peu féminins) et je le tire sur le petit balcon d'où l'on aperçoit le fleuve et Lévis sur l'autre rive (enveloppée dans une bruine glacée lumineuse).

Je me rappelle soudain avoir lu dans un prospectus touristique que les conducteurs de bestiaux faisaient autrefois traverser le fleuve gelé à leurs troupeaux pour les mener aux abattoirs de Québec, et que, si on voyait la tête coupée d'un homme sur la glace, c'était le signe qu'on allait mourir bientôt. Robert avait-il vu une tête sur la glace du fleuve ? Si oui, je ne crois pas qu'il m'en ait parlé.

(Dans l'ensemble, je trouve inquiétant le fait que les auteurs de ces prospectus prêtent aux touristes le moindre intérêt pour des détails aussi sanglants et aussi lugubres. L'esprit québécois apparaît si étrange, si noir et si tourmenté lorsqu'on l'examine de près ; les Québécois sont tellement obsédés par la mort, la séparation, la perte de mémoire — leur devise est *Je me souviens* *, si je me rappelle bien — et l'hydro-électricité. C'est une pensée que je vous livre tout à fait gratis, pour ce qu'elle vaut...)

J'assois mon amant muet dans une chaise longue de plastique, ses bras croisés reposant sur la balustrade du balcon, le menton appuyé sur ses avant-bras, et j'enveloppe ses épaules d'une couverture pour qu'il ait l'air d'un homme qui admire le panorama.

Ensuite, j'enlève les draps souillés et les remplace par des frais ; après avoir pris un bain, j'enfile mes jeans, des mukluks et un duffel-coat trop grand pour moi qui a dû appartenir à Robert, ayant omis d'apporter des vêtements mieux faits pour le climat d'ici.

Je me fraie un chemin dans la neige fraîchement tombée le long de la rue Port-Dauphin, longeant les édifices historiques de digne pierre grise, en me disant comme ça que la vie du touriste est bien solitaire ; je pense aussi à Hélène Boullé (qui était seule, elle aussi, une sorte de touriste comme moi) qui épousa Samuel de Champlain, le fondateur de Québec, en 1610, lui qui avait quarante ans et elle douze. L'heureux homme, me dis-je, un peu acerbe.

Elle vint au Canada en 1620, mais eut du mal à s'adapter à la vie dans le Nouveau Monde et rentra en France quatre ans plus tard. À la mort de son mari, en 1635, elle entra au couvent sous le nom de sœur Hélène de Saint-Augustin.

Cette petite histoire triste me rappelle la mienne : comme Hélène Boullé, j'ai du mal à m'adapter à la vie au Canada, mais contrairement à elle, je n'ai nulle part où aller.

L'actuel contretemps — Robert, de toute évidence victime d'un meurtre, ayant l'imprudence d'apparaître dans mon lit — n'est qu'un exemple de plus de la synchronicité bizarre et insidieuse qui me persécute depuis toujours.

J'ai trente-sept ans (l'âge qu'avait Hélène Boullé-de Champlain lorsqu'elle est entrée au couvent), j'écris des poèmes et gagne ma vie comme employée de bureau temporaire, je suis célibataire (sauf si vous comptez ma liaison qui dure depuis douze ans avec un réalisateur radio de la CBC du nom d'Edward, qui est déjà pris, qui vieillit et qui fait du ventre maintenant) et misérable. J'ai aussi tendance à m'évanouir et à faire des migraines aveuglantes ; on m'a conseillé de suivre un cours de maîtrise du stress.

Ah oui, j'ai aussi tout donné à la poésie, tout comme Robert a tout donné, même son duffel-coat, à l'amour, tout comme Hélène de Champlain, de Saint-Augustin, née Boullé, a tout donné à Dieu. (Je n'oublie personne ?)

Nous sommes un peuple amoureux d'extrêmes, une nation au sein d'une nation, sans langue et sans identité.

À la librairie Garneau, non loin de la place d'Armes, j'achète un livre sur l'histoire militaire de Québec (d'autres récits de morts et de défaites — il faut donner ça aux Québécois, c'est un peuple de poètes) et deux journaux (français, donc illisibles pour moi). Puis je trouve refuge dans un café ; je m'assois à une fenêtre et commande un cappucino et un croissant.

Je songe qu'il faut alerter quelqu'un au sujet de Robert, qu'il faut faire enquête. Mais ensuite je pense aux ennuis, aux questions, aux interrogatoires indiscrets, qui pourraient révéler — mais quoi donc ? — plus que je ne veux en dire à mon propre sujet. Par exemple, ma carrière lamentable de poétesse, mon amour pour Mick Jagger, de singulières préférences sexuelles indicatrices de sévices subis dans l'enfance (ce dont je n'ai aucun souvenir).

Chose surprenante, je n'éprouve pas la moindre curiosité pour ce qui s'est vraiment passé la veille, soupçonnant, peut-être avec raison, que c'était beaucoup trop humiliant pour le dire en mots.

Devant moi, dans un petit parc, il y a de la neige et des sculptures de glace qui représentent des figures mythologiques et folkloriques, des figures de rêve ou de cauchemar. Mais il n'y a pas de têtes coupées ni de bestiaux conduits à la mort. Il n'y a pas non plus de statue d'Hélène Boullé, qui fut peut-être la première femme dans l'histoire canadienne à dire ce qu'elle pensait.

(On imagine la scène : au pire de l'hiver, le vent s'insinuant dans les fissures des murs de rondins, un misérable feu pétillant dans la cheminée, Hélène enveloppée de lainages grossiers et de peaux de bête, éternuant et toussant entre deux phrases.

H. : Monsieur de Champlain, ces lieux ne me plaisent guère.

C. : C'est pourtant charmant ici ! Et les sauvages sont vraiment des créatures aimables une fois qu'on les connaît. Mais pourquoi persistez-vous à m'appeler « monsieur de Champlain » ?

H. : Je déteste Québec. Personne ne m'a jamais demandé si je voulais venir ici. Je jouais encore avec ma poupée, Jehane, lorsqu'on m'a appris qu'on allait me marier. Le mariage a eu lieu et vous avez ensuite disparu pendant dix ans. Voyez maintenant : vous voilà fort vieux, et moi, je ne m'amuse guère.)

J'ai une attaque de claustrophobie : comme si je venais de me réveiller pour me retrouver emmurée dans un couvent de pierres. (Est-ce que ce sont bien les sirènes des voitures de police que j'entends au loin, longeant les murs de cette cité médiévale, fondée à l'origine par la cupidité et édifiée plus tard pour la gloire de Dieu — pauvre Jacques Cartier, la tête qu'il a dû faire lorsqu'il est rentré en France et qu'il a découvert que ses diamants n'étaient que du quartz.) Mon esprit vagabonde. Mon mal de tête... eh bien...

Soudain, il me vient le souvenir de chevaux et d'une calèche, d'une promenade nocturne avec un homme qui m'est apparu, avec son fouet, son duffel-coat et son accent français, comme l'incarnation même de l'amour, un Mick Jagger boréal.

Mais qu'avons-nous fait du cheval? (Je distingue maintenant une odeur chevaline qui émane de mon manteau.)

Je sens que ça me revient tout à coup.

Ce qui fait que je plaque tout, mon café froid (comme Robert), mon croissant intact, mes journaux aussi (quoiqu'il n'y ait rien de très nouveau là-dedans). Le mouvement est essentiel pour endiguer ce flot de souvenirs qui pourraient s'avérer pénibles, voire incriminants.

Les rues sont presque vides à cause du froid de loup et du caractère généralement menaçant du temps. Le lieu est à peu près aussi propice à l'habitation humaine que la planète Mars. (Ô Canada, terre d'exil de nos aïeux!)

Pas étonnant qu'Hélène Boullé ait détesté ce pays.

Une pensée affolante m'assaille. Et si l'histoire n'était qu'un mensonge des hommes? Et si elle avait effectivement aimé le Canada et que Samuel l'avait renvoyée chez elle parce qu'il était jaloux? Peut-être qu'elle s'amusait comme une folle et que les Indiens l'adoraient; les religions indigènes lui plaisaient peut-être et elle s'apprêtait à épouser leur cause dans la querelle du trafic des peaux de castor?

Peut-être qu'elle n'a jamais pu dire ce qu'elle pensait, faire ce qu'elle voulait.

Et lorsque Samuel est mort et qu'elle est entrée au couvent, soumise comme une brebis, est-ce qu'elle savait elle-même ce qu'elle pensait ? Est-ce qu'elle se souvenait ? Difficile de vivre en accord avec une devise comme *Je me souviens** ; moi, par exemple, je ne me souviens de rien.

Revenant sur mes pas, je passe devant le funiculaire, je longe les murs de la ville de nouveau jusqu'à ce que je me retrouve devant mon petit appartement douillet (avec cuisinette et salon, le Sacré-Cœur saignant au-dessus du châlit, le tout à un prix extrêmement raisonnable). Robert, alias Mick, admire toujours le fleuve qui transpire sa buée, les édifices couverts de glace et fumants de Lévis sur la rive d'en face, mais la neige commence à s'accumuler derrière lui et lui fait un étrange petit chapeau triangulaire sur la tête.

Je me demande ce que ses yeux morts peuvent bien voir. Des sculptures de glace et des têtes qui flottent ?

Entend-il le chant terrifiant de la Corriveau, la Sirène de Québec (je cite les prospectus touristiques), qui, pour avoir assassiné son mari, fut pendue et exposée dans une cage de fer à un carrefour jusqu'à ce que son corps pourrisse ? (Plus tard, la cage devint une attraction mineure dans le cirque de monsieur Barnum — je vous laisse le soin d'interpréter cette anecdote piquante.)

Ai-je rêvé tout cela, ou est-ce que Robert a rêvé cela ? Une femme nue qui court, qui glisse sur la neige. La Corriveau, sans doute. Appelant à l'aide, appelant les hommes de la ville à la mort.

(C'est ce que dit la légende en tout cas : qu'elle revient de temps à autre, attire les hommes avec ses lamentations malheureuses, pour les assassiner ensuite. Dans mon esprit, ce n'est qu'une bonne femme grognonne, juste à la veille d'avoir ses règles, si vous voyez ce que je veux dire, parce que c'est une bien sale histoire tout ça, avec la cage qui était trop petite pour elle et qui l'obligeait à se contorsionner même après qu'on l'eut pendue, elle, la victime de techno-crates incompétents, des hommes en plus. Pouah!)

Je pense au grand et saint évêque, Monseigneur de Laval, qui est mort ici il y a trois cent cinquante ans après avoir attrapé des gelures aux pieds pendant qu'il faisait pénitence dans la neige.

Ô mon Québec! (dans mes poésies, j'affectionne cette figure de rhétorique qu'on appelle l'apostrophe), avec tes pulsions de mort, poétiques et singulières! (Cette obsession de l'énergie hydro-électrique, des barrages et des rivières me semble symptomatique d'un complexe maternel — dans le feu de la passion, n'ai-je pas entendu Robert qui appelait l'Église et sa mère, son cheval peut-être aussi? Est-ce que c'est moi qui invente tout ça? Ou suis-je simplement, comme tous les Canadiens anglais, obsédée par la recherche de mon double français? — ma mère appelle ces gens les «maudits Québécois».)

2

Je rédige mes aveux — aussi bien vous le dire tout de suite — sous le brun regard d'un inspecteur de police qui me dit s'appeler Gilbert et qui interrompt mon compte rendu une fois ou deux pour me raconter des anecdotes amusantes sur ses enfants et sa femme, qu'il persiste à appeler *ma blonde* *.

Il ressemble un peu à Mick Jagger, même si ce n'est que son blouson aviateur de cuir noir qui me donne cette impression.

Gilbert tient surtout à ce que je lui explique la présence de mon canif de l'armée suisse dans les interstices des côtes de Robert. Il appelle le canif « l'instrument de la mort », désignation sommaire que je trouve réductrice et dénuée de poésie.

Si Robert n'était pas né, il ne serait sûrement pas mort aujourd'hui, je me dis, ne me souvenant (comme d'habitude) de rien, sentant les barreaux de fer de la cage m'écraser le cerveau. Non, mon mal de tête ne me lâche pas.

La police aurait trouvé la jument de Robert, qui errait dans les rues avant l'aube, traînant sa calèche vide, souffrant de gelures et de solitude.

De temps à autre, elle levait la tête et demandait plaintivement à Robert de la ramener à l'écurie.

Elle s'appelle Nellie, elle est maintenant sous la garde de la police.

Lorsque Gilbert me raconte ça, je fonds en larmes.

J'ai séduit un homme qui a abandonné sa jument pour moi.

(C'est ainsi que je finis par me rappeler ma promenade solitaire à minuit parmi les sculptures de glace, les formes baroques et tordues, toutes illuminées et luisant dans la nuit. Je me rappelle Robert, habillé de son duffel-coat, majestueux, m'enveloppant dans des couvertures et guidant son cheval avec des claquements de langue.)

Gilbert regarde par-dessus mon épaule et claque de la langue en témoignage de sympathie. Je voudrais peut-être un café, me demande-t-il. Ou un rafraîchissement peut-être, changer d'air ?

Son anglais est tout juste suffisant, que je me dis. Mais il est charmant. Il a les yeux bruns. Lorsque nous nous levons, sa tête me vient à l'épaule, mais j'ai la conviction qu'il est assez sûr de lui pour ne pas prendre ombrage de ce déficit physique.

Néanmoins, je me courbe un peu lorsque nous marchons. Il m'emmène dans un café non loin du poste de police et m'offre un cappucino et une brioche.

Je lui parle de ma mémoire défaillante (plainte commune aux Canadiens anglais), de la difficulté que j'ai à comprendre le français, de mes évanouissements et de mon incapacité à trouver un éditeur pour mes poèmes.

Ce qui est un peu agaçant, c'est qu'il cherche à ramener la conversation sur Robert qui, en ce qui me concerne, est un sujet dépassé, un personnage qu'il vaudrait mieux effacer de toute cette histoire.

Je dis à Gilbert qu'il me rappelle Mick Jagger.

Il sourit, allume une cigarette et me dit que moi aussi, je lui rappelle quelqu'un, une femme qu'il a vue en rêve.

Oh-oh, que je me dis.

Je réponds : vous pensez peut-être que je suis femme à traquer les conducteurs de calèche du nom de Robert ?

Il pousse un rire guttural, un petit rire à la Mick Jagger, et je vois tout de suite que nous avons établi un rapport dépassant le strictement professionnel, et qu'il voit en moi autre chose qu'une meurtrière pas comme les autres, peut-être une pauvre femme en mal d'un bras protecteur.

Un petit muscle de mon cou se met à palpiter comme un second cœur.

Il y a des statues couvertes de neige aux deux extrémités de la rue, qui rappellent les sculptures de glace de la Vieille Ville, ces créatures torturées, démoniaques, ces visions d'un enfer froid.

Mon mal de tête s'aggrave, c'est un authentique feu de douleur, comme si ma tête était prise entre les barreaux d'une cage.

Je constate tout à coup que mon engouement pour Mick

Jagger n'est qu'une manifestation parmi tant d'autres de la britannophilie pernicieuse du Canada anglais : substituez la reine d'Angleterre à Mick Jagger, et je suis comme n'importe quel quidam de Saskatoon ou de Victoria.

Pour masquer ma déconfiture, je raconte à Gilbert l'histoire (puisée dans les prospectus ineptes que le ministère du Tourisme répand partout) de Marie de l'Incarnation, une des religieuses pionnières de Nouvelle-France, qui (comme moi) avait des visions, se maria deux fois et qui, en 1631, entra au couvent des ursulines de Tours, sourde aux supplications de son fils unique qui hurlait aux portes du couvent :

« Rendez-moi ma mère ! »

Je crois que, dans l'ensemble, l'histoire québécoise déborde de familles dysfonctionnelles. Je ne sais trop quoi penser de ce fait.

Gilbert a la larme à l'œil. Je l'ai touché avec mon petit récit. Il comprend, comme tous ceux de son peuple, que toute vie est métonymie ou synecdoque. Le policier en lui guerroie contre le poète. Il est rafraîchissant de voir un telle passion chez un serviteur de l'État.

Une chaleur s'installe entre nous dans le petit café humide, en dépit du front froid qui s'abat sur la ville, au-delà des fenêtres. Les passants dans la rue prennent l'allure de statues de glace. Les statues de glace se mettent à ressembler à des touristes ordinaires, des chalands, des conducteurs de calèches trépassés.

La nuit tombe, en dépit de l'impression que j'ai qu'on était encore à l'aube il y a quelques instants à peine.

Gilbert dit qu'au début, ils croyaient que Robert était mort de froid. Ce n'est qu'après qu'il a dégelé qu'ils ont découvert le couteau dans la blessure.

Je lui dis que je ne me souviens de rien.

Ils m'ont trouvée au zoo municipal, qui se spécialise dans les espèces aujourd'hui disparues du sud de l'Ontario où je vis. (On y trouve, par exemple, des cages bondées d'indigènes américains, de poètes canadiens-anglais, de femmes entièrement libres, d'hommes libérés et d'enfants innocents.) Je crois que j'aspire au jour où l'ours noir et l'orignal hanteront de nouveau les rues tièdes de Toronto.

Gilbert se penche vers moi, son visage ruisselant de pitié et d'empathie, et il me touche le poignet du bout des doigts. Il veut me dire qu'il n'est pas une créature de mes rêves, qu'il est lui-même indépendant, distinct et entier, et qu'il m'aidera si je le lui permets.

Je lui dis que je ne me souviens de rien.

Mais sa gentillesse me désarme. Tout à coup, je me mets à pleurer. Il est clair que c'était mal parti avec cet homme, qu'il y a encore de la gomme à mâcher dans mes cheveux, que lorsque j'ai quitté l'appartement ce matin, j'ai remis les vêtements que je portais la veille, que tuer Robert était un *faux pas** monumental. (La mention constante que je fais de ma perte de mémoire pour tout ce qui concerne Robert est un cas patent de ratiocination : nous cherchons tous à entourer nos pires crimes du meilleur éclairage possible.)

Tout ce que je puis dire pour ma défense, c'est que l'homicide n'entre pas du tout dans mes habitudes — en tout cas, la plupart du temps.

Gilbert me propose une promenade en calèche. Nous pourrions peut-être ainsi récapituler les événements de la veille et raviver ma mémoire.

Soumise, j'y consens.

(Je crois maintenant que, bientôt, ce fantasme que j'ai

toujours eu d'être pendue à un carrefour pour y pourrir, à la vue du public, deviendra réalité.)

Grâce au témoignage de ceux qui m'ont vue dans la calèche de Robert, la police a pu reconstruire une bonne part de notre itinéraire.

Le conducteur est un étudiant irlandais du nom de Reilly qui ne parle pas français, il est ici au Canada dans le cadre d'un échange.

Le cheval s'appelle Châtiment. (Je mentionne ce détail, mais il est peut-être dénué d'importance.)

Au bout de quelques minutes, nous quittons la porte Saint-Louis et nous nous engageons sur l'avenue George-VI pour aboutir à l'ancien champ de bataille (qui est aujourd'hui un beau parc onduleux). Une rafale fait tournoyer des particules de glace autour des lampadaires et dans nos visages. Gilbert et moi nous collons l'un contre l'autre, enveloppés dans une couverture de la Compagnie de la Baie d'Hudson.

Ici, comme partout ailleurs, les autorités municipales ont fait ériger des myriades de statues commémorant les grands événements de l'histoire nationale. Derrière nous, les murs de la ville sont illuminés, les cris des fêtards et des bobbeurs percent l'air de la nuit, le funiculaire s'élève et retombe comme l'haleine. Mais ici, des guerriers iroquois traquent des habitants imprudents, Jacques Cartier recherche des diamants sur la rive du fleuve, Abraham rassemble ses vaches et plante des choux, et un Wolfe affaibli escalade un sentier étroit, entouré d'intrépides soldats enkiltés, la mort dans l'âme.

Au centre du parc, nous atteignons le lieu du souvenir (là où je crois que Robert m'a embrassée pour la première fois).

Je vois, d'après le regard horrifié de Gilbert, qu'il peut voir ce que je vois : les statues de glace qui s'animent, les soldats blessés qui s'empilent les uns sur les autres, les généraux mourants, les sauvages qui pleurent, les orphelins de père, les veuves qui se caressent dans l'extase de la solitude. Je lui dis que je suis coupable. De tout. J'ai voulu coucher avec mon père. J'ai versé de l'eau bouillante dans le bocal des poissons rouges quand j'avais huit ans. J'ai commencé à me masturber à l'âge de douze ans. J'ai tué Robert, le conducteur de calèche (même si je crois sincèrement qu'après une nuit avec moi, il tenait à mourir).

Je ne dis pas que tout cela est banal, mais je plaiderai les circonstances atténuantes. Je blâmerai l'histoire, les prospectus terrifiants du ministère du Tourisme, l'amour qui tourne mal.

Cette fois, je vais m'en tirer, que je dis. Vous verrez.

Je ne crois pas qu'il m'entende.

---

* En français dans le texte.

PIERRE YERGEAU

La photographe

De *Tu attends la neige, Léonard* ? (L'instant même, 1992) la critique a dit qu'il s'agissait d'un excellent recueil de nouvelles et d'un fort beau roman. Ce livre étonnant, à la frontière des genres, aurait pu donner de l'écrivain l'image d'un facétieux puisqu'il s'y est employé à mettre en doute, sinon à nier, ce qui avait d'abord été énoncé. «La photographe» de même que le prochain livre de Pierre Yergeau, *Le musée* (à paraître à L'instant même), par ce qu'ils révèlent de différent dans son écriture, indiquent que l'homme n'a pas fini d'étonner.

« **J**e veux qu'il ait un visage arrogant et fiévreux. Un visage barbouillé par la haine. Tu vois un peu, Christia ?
— Bien sûr ! Un visage coupable. Compte sur moi !
Il n'aura pas le temps de s'expliquer. »
Alex semblait terrassé derrière son pupitre et, en même temps, illuminé par une soudaine passion. Depuis deux jours il ne quittait plus l'atmosphère verdâtre de la salle de rédaction. Cette fois-ci, le coup était d'envergure et la pression l'étouffait.
Le vieux gangster aurait une face de rat. Je me sentais appelée à faire un cliché qui laisserait les lecteurs du journal ébahis et rassurés. Une photo prophétique, où il serait enfin délivré de sa propre histoire. Après, il ne lui resterait plus qu'à plier bagage.
« Écoute, tu te déguises en mur de briques. Il sait d'instinct qu'on le poursuit. La peur les rend tenaces et cruels. Tu comprends ? Je ne réponds de rien.
— C'est pas un jeu, tu vois, c'est un châtiment, renchérit Bender, un journaliste d'expérience, qui traînait ses savates d'un air confus, mais écrivait ses articles avec une précision vitriolique.
— Ça suffit. Pour moi c'est du marbre, ce mafioso. C'est de la matière brute. Je m'en occupe ! »
C'était mon premier meurtre. Il y a vingt ans de ça. Alex, le rédacteur en chef, m'avait demandé de prendre quelques

bons clichés d'un des principaux suspects. Je devais surveiller mes mauvaises habitudes. Un mélange de paternalisme soupçonneux et d'indifférence lui dictait ses conseils éculés. Il se faisait vieux et ne pensait, en tout, qu'à rattraper le temps perdu. Et puis il était sur un gros coup. Berthelot, le photographe attitré de la section des faits divers, était parti en claquant la porte. Je devais saisir ma chance. J'allais enfin côtoyer la vraie vie, pensais-je. Celle des salles de presse aseptiques et des aubes vitreuses, qui s'ouvrent sur des incendies et des chiens écrasés.

Ma maladresse, à l'époque, me poussait à des crises d'introversion morbide. Je farfouillais dans le monde autour de moi dans l'espoir de buter contre une répulsion : un bloc qui aurait surgi sur mon chemin pour me rassurer, quelque chose à éviter, que j'aurais déposé comme un lourd fardeau dans un coin de ma mémoire. J'allais être servie.

Comme bien des jeunes, vingt ans me semblait un âge détestable. Alex voulait me jeter dans les bras du destin. Pas seulement pour le plaisir de la souillure — bien que ce ne fût pas à négliger. Mais pour m'encourager à mieux faire. À devenir une professionnelle de l'événement médiatique, du roman-feuilleton des petits accidents quotidiens, des dérapages malheureux.

« Ça me prend un cliché dur, où il aura l'air plus vrai que vrai ! » m'avait-il dit en me congédiant. Pourquoi pas ? La vérité se moque du hasard, mais je comptais sur ma patience.

Le journal allait publier une série d'articles sur la petite pègre de la capitale, avec noms et photos. De quoi faire augmenter les tirages. Les rumeurs circulaient, les informations étaient rares. J'étais flattée d'être associée à l'opération.

* * *

« Qu'est-ce que c'est que cet air mystérieux ? me demanda ma colocataire lorsque je revins chez moi.

— C'est du gâteau, dis-je. De quoi ranimer mes rêves d'enfant ! Tu vois, être photographe, c'est se glisser dans l'intimité de tout le monde. Il n'y a pas de frontière. Même pas la vérité. Même pas la puanteur ! »

Je jubilais, comme si c'était moi qui allais le mettre au bagne, ce sale gangster ! J'aurais été vexée si l'on m'avait dit que je ne rendrais pas justice. J'allais le poursuivre avec fanatisme. J'allais le pourchasser avec audace !

Durant la soirée, j'écoutai trois fois de suite un concerto pour bandonéon de Piazzola, avant de m'endormir. Ces petites notes qui pourrissaient dans le temps et qui s'éparpillaient dans tous les coins de ma mémoire ! Je n'y comprenais rien et je trouvais cela splendide.

C'était une musique éclatante qui me brûlait la gorge, une divagation diaphane, où le rythme sourd et furieux des cordes semblait chavirer sous les tonalités humides du petit accordéon. Je fermai les yeux et me mis à courir le long d'un parapet, éberluée par les ondulations mauves de l'eau, entièrement soumise à ce supplice.

J'étais une épave séquestrée par un violoncelle ! Ma bouche ne disait rien de sensé, mais reprenait maladroitement chaque secousse de la mélodie. Puis il n'y eut plus rien devant moi qu'une nuit définitive.

* * *

J'ai commencé à surveiller le suspect dès les petites heures du matin. Au départ, ce n'était pas une proie. Mon 35 mm à l'objectif télescopique pesait lourd. J'aimais palper l'appareil : un objet plein de détermination. Sa dureté donnait plus de relief à la ville, les couleurs des vieux immeubles tassés sous les falaises du cap Diamant réduites au noir et blanc.

Ils allaient voir pour la première fois ce que c'était qu'un visage, saisi dans son destin ! Les piétons affluaient lentement dans les rues comme des somnambules, ils semblaient s'infiltrer dans la ville en transportant avec eux leurs morts. Les visages blafards se désintégraient sous la lumière naissante.

Ensommeillée, je stationnai la voiture devant un bungalow de Sainte-Foy assez triste et anodin, une maison qui cadrait bien avec les activités officielles de restaurateur du suspect. Sur la pelouse impeccablement tondue, l'enfant d'un voisin, sans doute, avait oublié un cerceau.

Je patientai jusqu'à midi devant le bungalow, les fesses engourdies. Tout sentiment d'aventure s'évanouissait devant la réalité grise et fongueuse de l'attente. J'avais le goût de gigoter, de braquer mon appareil sur les pavés léthargiques, sur les nuages résignés qui se vautraient dans le ciel, quand il sortit enfin de chez lui.

Il traversa la rue et j'eus l'impression un instant qu'il fonçait vers moi. Je n'eus pas la présence d'esprit de détourner mon regard, je le contemplai comme une innocente, remplie de doutes et de candeur.

C'était un vieillard rusé aux yeux salaces et énormes plantés sous un crâne rond, aux joues mal rasées, à la lèvre supérieure tranquille et ironique. J'admirai la blancheur de sa chair, capable de désespoir et de rires, et ses lunettes de corail délicatement collées au facies. Petit de taille, il passa avec le trottinement caractéristique des jouisseurs.

J'avais loué une auto pour le filer. Je n'avais pas prévu

qu'il se baladerait à pied. Son pardessus vert flotta une seconde dans mon viseur. Le pire, c'était cette honte inutile qui s'emparait de moi.

* * *

« Tu l'as photographié à la sortie d'un concert ? Tu sais que ce type est responsable d'extorsion, d'enlèvements et d'assassinats ? Que ses associés vendent de la poudre magique aux enfants de chœur ? »
Alex ricanait en rejetant du revers de la main mes photos. Enfin il allait me mettre dans sa poche. Bender me regarda d'un œil morne, comme s'il avait tout compris. J'étais une débutante, tout juste bonne à jouer aux dominos.
« Je l'ai pris entre deux gorilles, dis-je d'une voix blanche. Il descendait un escalier. Tu trouves pas qu'il a l'air antipathique ?
— Fiche le camp ! Tu me refais ça pour demain. Je veux qu'il ait l'air insolent, tu comprends ? On le prendrait pour un joueur de tango ! On le prendrait en pitié ! »

* * *

Ma colocataire a gardé son manteau durant tout le souper. C'est vrai que nous ne chauffions pas beaucoup. Elle était soulagée, elle venait de terminer un gros chapitre de sa thèse sur les discours pré-socratiques et s'anima un peu plus que de coutume. Je bafouillai quelques répliques, qui n'avaient rien à voir avec ce que je pensais.
Seule dans ma chambre, je m'abandonnai une fois de plus au tremblement fiévreux des violoncelles qui découpaient, sur le ciel de mon lit, des charognes rouges, les chairs poursuivies par le noir sifflement de l'accordéon.

Je n'y comprenais rien. Ses gardes du corps étaient apparus presque aussitôt après que j'ai refermé la portière. Heureusement, ils ne remarquèrent pas mon appareil-photo. Le cœur battant, je les avais accompagnés jusqu'à un garage, près d'un boulevard. Au-dessus du garage, il y avait des bureaux.

Le téléobjectif avalait le boulevard et le petit gangster merveilleux couvert du voile blanc de la mort, qui descendait l'escalier, escorté des gardes du corps. Il transportait, sous le bras, un large étui de violoncelle.

* * *

Je faillis tout gâcher lorsque j'accélérai à un feu rouge pour ne pas le perdre de vue. J'eus tout juste le temps de voir la tête formidable du piéton qui m'évita de justesse. Il hurlait dans mon rétroviseur.

Je le photographiai, une première fois, entrant dans un de ses restaurants calamiteux de banlieue, où des fonctionnaires bizarrement flétris venaient ingurgiter de la soupe. Un mauvais cliché, que je gâchai en essayant de saisir l'angle de la rue où était situé l'établissement. Il faut se méfier de la perspective, comme d'un élément de distraction. Il faut s'en tenir au sujet !

Ses deux gorilles se pressaient sur les banquettes, l'air paralysé, absorbés dans l'examen minutieux du menu, s'acquittant de leur rôle sans zèle. L'interlocuteur du vieux gangster perdait peu à peu son calme, je le saisis sur la pellicule alors que ses yeux adressaient au serveur une muette supplique.

Des mains se serrèrent dans le stationnement, puis l'interlocuteur partit dans une limousine avec les deux gorilles et le suspect prit le volant d'une petite auto sport. Les gorilles passèrent devant moi sans me remarquer, l'interlocuteur avait cette expression délavée, propre aux employés congédiés. Je devins beaucoup plus nerveuse, à le voir seul et vulnérable. J'essayais de ne pas devancer mes gestes, de ne pas me retrouver collée contre son pare-chocs près d'un feu rouge. Je n'avais aucune expérience de la filature et pourtant je demeurais sans difficulté dans son sillage, au point où je me demandai s'il ne me rendait pas la tâche trop facile. Je n'avais pas oublié les gorilles et je surveillais mes rétroviseurs, mais je n'étais pas suivie. J'avais, selon toute apparence, le contrôle parfait de la situation. Cela devenait passionnant de se sentir se substituer ainsi au destin.

*   *   *

Cette fois-ci, j'avais tout prévu. Rien ne pouvait plus m'arrêter, même si j'avais ce pressentiment d'une chute dans le vide. Je devais continuer ma tâche, me rapprocher de ce qui n'était peut-être qu'un mirage, abolir cette distance qui me séparait encore de celui que je traquais, et le surprendre sur la pellicule, le figer dans une image légèrement tremblante, une petite image qui deviendrait son cachot.

Il n'y avait absolument rien qui pouvait entraver mon pas dans le centre commercial, ni l'étalage des marchandises aux contours un peu flous ni les passants immobiles devant les vitrines, leurs visages fixes et engourdis. Le suspect marchait sans se presser, je le tenais là devant moi, prisonnier.

Il entra chez un fleuriste et en ressortit avec un bouquet de roses. Je le photographiai ainsi, alors qu'il semblait ployer sous le poids des fleurs.

Au déroulement furtif des passants qui cherchaient, sans les trouver, de menus objets domestiques, il opposait le calme du vieillard, heureux de tout acheter avec ses cartes de crédit, fouineur parmi les étalages étincelants, soupesant les objets convoités, retirant de leurs cintres des sous-vêtements élégants, de la petite soie qui chatouille la chair, des dentelles qui fondent.

Il revint vers l'auto chargé de paquets bien ficelés et je dus battre le pavé quelques heures devant un autre de ses restaurants. Le soir se glissait dans les rues et j'avais envie de tout laisser tomber.

*   *   *

Je restais là pourtant à ressasser mes subterfuges, la gorge sèche, devant l'autorité de ce petit homme arrogant et heureux, qui vivait des vices de la ville et qui la nourrissait de surcroît ! Il deviendrait ma découverte, il deviendrait mon accomplissement, j'étalerais son sale visage et il comprendrait alors qu'il était vulnérable !

Les petites rues se succédèrent à l'unisson, chaque pavillon se refermait sur soi, la famille réunie devant le poste de télévision, le fonctionnaire confondu, les chambres mornes qui n'avaient plus de plafond.

Il roulait maintenant dans sa petite voiture ridicule et la stationna devant une large villa d'un quartier du nord, pas très loin de la rivière Saint-Charles. Il alla frapper à la porte, avec les roses, un garçon en livrée ouvrit, puis se précipita vers la voiture. Le garçon revint avec les paquets et l'étui à violoncelle.

De temps en temps un inconnu sonnait à la porte, habituellement un homme qui semblait hésiter, qui avait besoin qu'on le rassure, il guettait les bosquets sombres avant que le garçon n'ouvre la porte à demi. Il entrait alors et se mêlait à la clientèle.

34

Le bordel était juché sur une éminence et semblait promettre aux clients une ascension vers des plaisirs indifférents, dénués de sens, mais qui les retiraient un instant de leurs solitudes blanches. Je m'assis sur le capot de la voiture. J'entendais la rivière débouler vers le fleuve comme une vaste poubelle.

* * *

Maintenant je le tenais peut-être pour de bon, je le coinçais, si seulement il pouvait apparaître à une fenêtre, le ventre flasque, le sexe ridé. Je le ferais chanter, il ne m'échapperait pas, son visage ne pourrait se camoufler dans cette atmosphère de fête galante. Une femme nue tira alors un rideau à une fenêtre.

Je saisis mon appareil. Les roses reposaient sur un meuble, au fond de la chambre. Je surmontai rapidement une gêne, qui me séparait encore du cliché final. Au contraire, me disais-je, j'allais enfin me retrouver seule avec cet homme, ne m'étais-je pas ces derniers jours collée tout contre lui ? Je ne lâcherais pas prise à cet instant ! Je voulais que cette photo le révèle d'emblée.

Dans une scène étrangement neutre, la femme s'accroupit sur un tabouret et se lava les pieds dans un petit bol de faïence posé sur le plancher. Elle agissait comme si elle était dans une salle d'opération. Le petit homme surgit dans le cadre de la fenêtre. Il la regardait.

J'attendais peut-être une métamorphose, mais il me semblait que j'étais entrée dans ce qui ne pouvait être qu'un refuge contre ce qui paraîtrait, ailleurs, familier. Son profil était à ma portée, le torse creux, le cou décharné, la mâchoire qui avançait pour glousser ou pour chanter. Familiers, ces raffinements coûteux, ces roses mièvres, cette nudité qui se lavait placidement. Je ne pus rien saisir de cette jouissance rapide, il tira vers lui d'un large mouvement l'étui à violoncelle. Venant de la rivière ou s'effilochant discrètement depuis la villa, des notes affluaient, des sonorités terriblement sinueuses pleuvaient, alourdies seulement par cette tension qui me faisait diriger l'appareil photo vers la façade.

Je m'efforçais en vain de ne pas trembler mais l'image s'entrechoquait et se brouillait. Cette musique intarissable venait me raconter les plus intimes révélations et je le vis perdre son masque et se livrer à moi, dans la tranquillité envahissante des vieux secrets éventés et la fébrilité des prières à jamais exaucées.

Il tira un fusil de l'étui et je ne sais pas pourquoi je ne fis pas un geste pour me protéger. La jeune femme pétrifiée se lavait toujours les pieds, puis elle se frotta les cuisses et l'eau coula silencieuse sur ses jambes.

Je me livrais à cet air de tango et de violoncelles, j'accomplissais ainsi l'impossible tâche de celle qui rend justice sans se douter de son abnégation ! Et s'il était trop tard pour me résigner, je pouvais toujours photographier ce visage mis à nu, ce visage éclatant de haine, qui ferma un œil pour braquer vers moi le canon.

Lorsque le coup retentit, mon corps se durcit soudainement, et le petit accordéon m'entraîna irrésistiblement vers le déboulement sombre des cordes, le corps obsédant, le sang qui s'échappait à grosses gouttes de mon œil.

MICHEL DUFOUR

Requiem amoureux

Dans ses deux recueils, *Circuit fermé* (1989) et *Passé la frontière* (1991), Michel Dufour se livre à un vaste registre d'écriture, porteur parfois d'accents surréalistes, phénomène rare dans la littérature québécoise. Toujours les personnages sont placés dans une situation d'affrontement, le quotidien révélant vite ses insondables périls. Avec ce «Requiem amoureux», Dufour confirme l'intérêt de l'adolescence et des adolescents dans ce répertoire thématique.

I

Mon père aime Mozart. Moi, je le déteste. Il ne se passe pas un jour sans qu'il fasse jouer le *Requiem*. Chaque fois que j'entends cette musique, j'ai l'impression qu'on m'enterre vivant. C'est vrai qu'à mon âge un gars normal a bien d'autres intérêts. Mais suis-je normal ? À l'école c'est l'enfer. Pour sauver sa peau, chacun doit faire partie d'un clan. Sinon on est condamné à subir les sarcasmes des autres, le rejet et parfois la violence. Rester seul dans son coin, qui aime ça ? Mon clan à moi, ce sont les premiers de classe. Je suis né premier et je crois que je mourrai intelligent. Nous ne sommes pas très dangereux, quoique... Ça ne fait pas toujours l'affaire de tout le monde de nous voir dans le peloton de tête. On nous traite de tous les noms. On nous dit qu'on va virer tapettes si on continue d'étudier aussi fort, ce qui n'est pas mon cas : je n'ai pas besoin de passer tout mon temps dans les livres pour bien réussir. Les premiers de classe, pour cette raison et pour bien d'autres, se sont regroupés. On en a eu assez de se faire chier par les durs de durs. « Vous autres, les coriaces, les traîne-la-patte, vous allez finir vidangeurs et quand vous serez malades, vous viendrez frapper à la porte de nos cabinets privés, mais on va vous laisser crever à cause de tout ce que vous nous avez fait dans le passé. » Voilà ce qu'on leur a dit. On a eu la paix.

Chacun sa place, chacun son rang : c'est tellement plus simple. On verra bien si ça va durer. Tous les parents n'aimeraient-ils pas avoir pour enfants des premiers de classe ? Il ne faut pas croire que c'est nécessairement plus facile avec la famille quand on a de bons résultats scolaires. La roue tourne : plus les notes sont fortes, plus les parents en demandent. Pas moyen de se sortir de ce cercle vicieux. Mon père m'aime quand je lui montre mon brillant bulletin. Le reste du temps, il écoute son cher Mozart. Alors je m'enferme dans ma chambre et je pense à ce dont je pourrais bien avoir l'air si j'étais bon dernier. Beau voyou, j'imagine toutes sortes de mauvais coups.

Charlie, on la casse c'te crisse de vitrine ? Oh ! les flics ! Faut pas se faire prendre sinon on est bons pour le tribunal de la jeunesse. Tu sais ce qu'on risque : famille d'accueil, centre de réhabilitation. T'as le stock ? Attends, viens dans la ruelle, qu'on s'en allume une. Hé ! Jef, t'es pas le petit bolé que je pensais. Vite ! Sauvons-nous !

J'en ai pour des heures à imaginer des dialogues avec des moins que rien, des histoires de délinquance et de bisbille, des courses folles en voiture volée, des évasions spectaculaires. Je me fais mon cinéma. Je me vois même en train de tuer de sang-froid un salaud qui voudrait me barrer la route. Ça m'amuse. Parfois, ces aventures, je les écris, mais je fais très attention que ma mère ne tombe là-dessus quand elle vient dans ma chambre. Je ne veux pas qu'elle s'invente des scénarios sur mon compte ni qu'elle se fasse du souci pour des riens. Je détruis tout au fur et à mesure, sauf les poèmes que je compose pour Élyse, belle Élyse qui préfère les durs comme son Roberto, un autre traîne-la-patte, beau bonhomme, certain, mais nouille à l'école comme c'est pas possible, un doubleur imbattable.

Hier elle est passée à côté de mon casier. Elle m'a effleuré. Je me suis senti tout intimidé. Peut-être ai-je rêvé ? En tout cas, j'ai eu l'impression qu'elle me regardait... Ce que je peux être innocent des fois : j'ai fait l'air bête. Était-elle déçue ? « Un petit sourire, Jean-François Tremblay, ç'a jamais fait de mal à personne. » J'ai rougi. J'aurais voulu me voir six pieds sous terre. Quand je suis entré dans le cours de morale, je ne lui ai pas prêté attention. J'ai crâné un peu. Elle et son Roberto s'assoient toujours au fond de la classe et se minouchent. Ça me dérange. Ça me déplaît. Ça me dégoûte. J'enrage. Jaloux ?

Ce que je t'écris, Élyse, tu ne le liras jamais, ce sont des mots, des mots, des mots comme une grande mélodie pleine d'ardeur que je chanterais pour la première fois. Quelle bêtise je pourrais commettre pour pouvoir seulement te parler ! Pourquoi tu préfères les gros imbéciles trop développés pour leur âge ? Je ne suis pas aussi charmant que ton nigaud aux muscles épais, mais ma tête est belle, Élyse, pour toi mon imagination déborde, je vais te raconter plein d'histoires fantastiques où tu seras une reine en péril et moi, preux chevalier sans peur et sans reproche, je viendrai te délivrer des griffes du dragon rouge qui guette ton château, je vais me battre pour toi, vaincre le monstre qui te tient captive, le découper en fines tranches... Si tu n'aimes pas les histoires, nous allons écouter de la musique, n'importe quoi, même Mozart, nous allons nous asseoir sur mon lit, personne ne dira rien, dans le salon mon père fera le mort en écoutant le *Requiem*, dans la cuisine ma mère parlera au téléphone toute la soirée, on va se caresser partout, doucement, juste se caresser, Élyse, j'aime la tendresse, pas plus pour le moment car je ne suis pas prêt, vois-tu je n'ai même pas honte de te le dire, pourquoi se presser ? Je pense que je suis trop romantique, toi non ? En tout cas, jaloux, oui.

II

Roberto a fait tatouer mon nom sur sa poitrine. Il me dit que c'est comme un pacte : si je le brise, il se crève le cœur, fini Roberto, fini Élyse, fini l'amour entre nous. Ça me donne le frisson juste de penser que je ne veux plus qu'on se voie. J'aurais envie de lui dire de s'arracher le cœur pour moi s'il le veut : rien ne me fera changer d'idée. « Je suis ton Italien préféré, hein, Élyse ? » « Pauvre Roberto, j'en connais pas d'autres. » Me croit-il sincère ? Disons que pour tout de suite je ménage la chèvre et le chou. Un temps pour chaque chose. Il finira bien par apprendre la vérité. « Regarde ce que je nous ai déniché. » Trop content d'avoir (enfin, dit-il) son permis de conduire, Roberto, bébé gâté, a emprunté le Jeep de son père, on est sortis de Québec par la 40, puis on s'est tapé une bonne heure de route avant d'aboutir ici. « Roberto, qu'est-ce que tu veux qu'on fasse dans une cour à scrap ? » Il ne me répond pas, m'entraîne avec lui. J'ai l'air de voler au milieu des carcasses de voitures. « Tu sais ce que j'aimerais, Élyse ? Qu'on se cache dans la vieille Chrysler noire là-bas. T'es d'accord ? » Bon, pourquoi pas, Roberto, puisque c'est la dernière fois. Je fais signe que oui, pas plus. Roberto a toujours eu des idées de fou. Mais ce n'est pas pour ça que je veux le quitter.

On s'assoit sur la banquette arrière rongée par les mulots. Deux trois ressorts, chats effarouchés, me griffent les fesses. « T'as pas peur au moins ? » Mais non, je n'ai pas peur, malgré les mises en garde de ma mère : « Élyse, tu joues avec le feu, ton Roberto est pas mal précoce pour son âge, sois prudente. » J'ai tout ce qu'il faut dans mon sac, pas de risque à prendre, maman.

Il se met à fouiller sous mon gilet. Oui, je le sais, ça doit finir par arriver un jour. Mais qu'est-ce qui me prend ? Je suis prête, non ? Et puisque ce sera la première et la dernière fois avec lui. Le ciel est noir d'étoiles. Je peux les voir par le trou dans le toit de la Chrysler. Je me concentre très fort sur les étoiles, me mets à les compter tout haut. « Mais qu'est-ce que tu racontes, Élyse ? J'ai tellement envie qu'on le fasse. Laisse-toi aller. » Si je comprends bien, c'est ce qu'il veut tout de suite et vite. Pis moi là-dedans, moi ?

Ma poitrine est nue. J'ai froid dans le dos. J'essaie de prendre mon sac à main tombé par terre. Roberto soupire. Je lui parle de protection, de condom, s'il te plaît, combien de filles à l'école se sont fait prendre, Véronique, Claudine, Julie, pas moi, Roberto, « fais le nécessaire ». « Mais non, Élyse, je te promets d'être prudent. » Voilà que ça me répugne pour de vrai. Je me braque. Mes mains s'agrippent à ma jupe. Puisque tu ne veux pas collaborer, travaille pour la peine, petit séducteur manqué. Maman me l'avait bien dit. Sept étoiles, j'ai compté là-haut. Et ce n'est pas fini.

« Regarde le ciel. » « Pas le temps, Élyse, t'oublies que ton nom est tatoué sur mon cœur, nous sommes liés pour la vie. » « Tu nous trouves pas un peu jeunes ? J'ai juste quatorze. » « Mais moi seize. » « C'est vrai, t'as doublé deux fois ! »

Oh ! une huitième étoile, plus grosse que les autres. Roberto suce mes mamelons comme des lunes de miel. Excité, il pousse sur mon ventre, arrache ma jupe, me plaque avec ses reins, descend ma petite culotte, se dézippe, met son

pénis entre mes cuisses, donne des coups. Fort, le cheval !
Ses cheveux sentent l'obscurité et la poussière. Mes doigts
lui labourent le dos. Et il rue tandis que les étoiles s'affolent :
quatorze jouent à saute-mouton. Quelle liberté ! « C'est bon,
c'est bon », gémit-il. J'abandonne la partie. Je n'essaie surtout pas de faire semblant. Contre-indiqué. Pourquoi les
étoiles sont-elles plus grosses qu'elles ne paraissent ? Parce
qu'elles sont loin de nous, comme toi et moi, Roberto, tu ne
m'écoutes pas, trop occupé à jouir de moi, moi trop occupée
à fuir loin de toi, tout s'embrouille, tout s'emmêle, bête
impression de mourir, Roberto éjacule, de rire, de douleur,
à des années-lumière d'ici et d'ailleurs...

Après, je lui décerne un prix coco. Je ne veux pas d'un
gars qui ne m'attend pas, je ne veux pas d'un gars qui me
force, qui n'a qu'une queue et pas de tête, « fais de l'air,
crève-toi le cœur, tes gros muscles vont au moins servir à
quelque chose, le reste je m'en fous ! » Sa carapace craque.
Il se met à brailler. Je n'aurais jamais cru ça de lui. Il dit qu'il
m'aime. C'est presque touchant. Je le rachève en lui avouant
que moi j'en aime un autre. Je me rhabille et me sauve.

Il est resté dans la Chrysler. Je lève la tête. Une ribam-
belle d'étoiles me court après, se mêle à mes longs cheveux
dorés comme ceux de Rapunzel. Je file, traverse le cimetière
d'autos. La nuit me talonne. Vivement Québec ! Jef m'attend.

III

Mes parents sont près de moi. Ils me dévisagent, essayant
sans doute de reconnaître sous mon masque de douleur, sur

ma face horriblement tuméfiée, les traits de leur cher fils.
J'en ai mangé une maudite. Est-ce possible que je sois encore
vivant ? Mon histoire avec Élyse allait pourtant bien, trop
beau pour être vrai, comme on dit. On s'était parlés dans le
cours de maths. Elle a pris les devants. « J'aimerais ça qu'on
sorte ensemble, Jef. » Je n'en revenais pas. Moi qui me
croyais absolument inintéressant à ses yeux. J'ai gardé la tête
froide. On n'est jamais trop méfiant. « Et ton Italien, tu l'as
largué ? » Elle s'est montrée rassurante, presque insouciante.
« Il a eu sa leçon. Crains pas, il viendra plus jouer dans ma
cour. » Comment croire que Roberto allait lâcher prise aussi
aisément ? Même moi j'ai été naïf sur le coup, aveuglé sans
doute par la perspective d'un trop grand bonheur. J'en ai
payé le prix.

J'avoue que je n'aurais jamais pensé que Roberto se
manifesterait si vite et surtout de cette façon-là. Encore s'il
m'avait affronté, j'aurais pu essayer d'argumenter, d'avoir le
dessus, d'éviter le pire. Maudit lâche ! T'as fait faire ta job
de bras par d'autres brutes. Du propre ! « T'es certaine que
tu veux sortir avec moi ? » « Tu connais mon numéro de téléphone ? » Si je le connais ? Tu parles ! « M'aiderais-tu à
résoudre ce problème d'algèbre ? » Elle s'est assise à mes
côtés. J'ai eu cette pensée folle : et si elle veut sortir avec moi
juste pour profiter du fait que je suis bon à l'école ? Jef, cesse
de raisonner comme un pied. Prends ce qui passe. Ne rate pas
ta chance ! À la fin du cours, convaincu de ses bonnes intentions, décidé à vaincre mon esprit tordu, j'ai promis à Élyse
de l'appeler dès que j'aurais fini de souper. « Pense à ce
qu'on pourrait faire. » N'importe quoi, pourvu que je sois
avec toi et que cela dure indéfiniment...

Les salauds m'ont coincé au coin de Saint-Jean et
D'Auteuil, près du cinéma de Paris d'où Élyse et moi on

venait de sortir, impatients de nous retrouver sur la terrasse Dufferin pour voir le fleuve. Quatre, dressés pour l'attaque comme des enfants de chienne, toutes issues bloquées. Élyse s'est fait kidnapper. J'ai cru voir Roberto l'emmener dans son Jeep, me laissant seul devant ses gentils copains, grosses nouilles à gros bras comme lui.

Je n'ai jamais su me battre. Pourquoi ne me l'a-t-on pas appris au lieu de me bourrer le crâne ? Je me souviens d'avoir crié « Élyse ! cours chercher la police ! » les coups se sont mis à pleuvoir sur ma tête, la barre de fer m'a cassé les deux jambes, j'ai entendu « crisse de fendant, ça t'apprendra à vouloir nous voler nos blondes ! » mais Élyse ce n'est pas ma blonde même si elle n'a pas l'air de me détester, on s'est caressé les mains pendant le film, rien de plus, « t'as compris, le fif ? » Au moment de perdre connaissance, j'ai eu l'impression que la porte Saint-Jean allait s'écrouler. Élyse, je ne veux pas que ton imbécile d'Italien te fasse du mal. Le dragon rouge aura-t-il raison de nous ? Qu'il est loin le valeureux chevalier de mon imagination, le fébrile délinquant affrontant tous les périls !

On vient de m'administrer un calmant. Ce n'est pas du luxe. Je souffre, docteur, j'ai mal à mon adolescence. Faites-moi plonger pour toujours dans un rêve paisible. J'entends mon père qui parle à ma mère : « On va les faire arrêter, ces petits maudits baveux. » Pauvre papa, retourne écouter Mozart, tu ne vis pas dans le même monde que moi. Ma mère est complètement défaite. « On n'est jamais assez prudent de nos jours », dit-elle. Ma tête, ma tête, faites-la exploser pour que je ne sente plus jamais la douleur !

Des nouvelles d'Élyse ? Je ne peux pas poser de questions à mes parents, c'est mon jardin secret, ils n'en savent rien. Roberto lui a dit que son nom est tatoué sur son cœur, elle me l'a raconté, qu'ils s'aimaient pour la vie, « je lui ai cloué le bec pour longtemps à ce nigaud, c'était juste une passade », m'a-t-elle affirmé au cinéma, mais j'ai senti quand même qu'elle me cachait des choses, « pis il y a toujours les étoiles pour nous empêcher de voir la réalité », qu'est-ce qu'elle voulait dire ? Moi, des étoiles, j'en ai vu pour le reste de ma vie. Ah, ce que je donnerais pour qu'elle apparaisse à ce moment-ci : la porte s'ouvre, elle entre dans la chambre, vient me serrer dans ses bras, « moi aussi je me sens écorchée, Jef, mais faut pas se laisser abattre », elle enlève son gilet, me montre son corps, son cœur, prend ma main, lui fait tracer une croix sur sa peau. Mes parents pleurent. Élyse, je le sens, cette croix, c'est le sceau de la fatalité. Maman, à quoi ça rime l'amour ? Papa, fredonne-moi le *Requiem*.

IV

Roberto me prend par la taille, me soulève, me jette dans le Jeep. Où est mon sac à main ? « Laisse-la tranquille, maudit lâche ! » Je me débats sans succès. Roberto claque la portière, appuie avec rage sur l'accélérateur, descend à vive allure la rue D'Auteuil. J'essaie de voir ce qu'il advient de Jef et des brutes qui l'ont agressé. Impuissante, je crie : « T'es un beau salaud, ce gars-là t'a rien fait ! » « Ta gueule, Élyse, t'es à moi ! Laisse-le crever, ton premier de classe ! » « Surtout ramène-moi pas dans ton cimetière d'autos ! » « J'ai mieux que ça. Attends voir. » Il tourne deux trois coins de rue, file sur D'Aiguillon, monte la côte Sainte-Geneviève, débouche pas loin du cimetière St-Matthew, stationne en zone interdite, comme d'habitude. « C'est ici qu'on va régler nos comptes, Élyse. » J'ai peur, ça sent mauvais cette affaire-là, je regrette de l'avoir bravé l'autre soir, j'aurais dû lui laisser croire que tout allait pour le mieux, je me dis que ma peau ne vaut pas cher maintenant, Roberto est capable de tout, du pire, il va me tuer en pleine ville, aux yeux de tous, j'aurai beau hurler, personne ne viendra à mon secours, et si quelqu'un ose s'interposer, Roberto ne se laissera pas importuner, un cadavre de plus sur les bras, quelle différence quand on est fou désespéré ? Tu pourras m'enterrer tout de suite après, ou même vivante si le cœur t'en dit, qui s'en apercevra ? Aujourd'hui les gens ont tellement peur qu'ils font semblant de ne pas voir leur voisin en train de se faire égorger : ils jouent les aveugles quand il s'agit des autres mais hurlent encore plus fort quand ils sont eux-mêmes mal pris. « Roberto Rizzi, t'es un maudit bel écœurant ! »

On entre dans le cimetière. Il me serre contre lui. Je le repousse. « Trop tard pour la tendresse. » « T'es mal placée pour parler, Élyse Beaulieu, tu sais qu'on a fait un pacte et que tu l'as brisé. Tu vas payer pour. T'aimeras plus jamais personne, plus jamais, fais une croix dessus. » Je comprends trop bien ce qu'il veut dire. Le clocher de l'ancienne église a l'air d'un fantôme rongé par la lèpre. Est-ce qu'il pleut des étoiles sous les lampadaires ? Roberto me jette à terre. « Non, cette fois tu m'auras pas. » Je me rebiffe, lui redis ma façon de penser. Il me plaque contre le sol, s'accroupit sur moi, me tient ferme. Un clochard passe à côté de nous. « Décrisse ! » lui crie Roberto. J'ai été sotte. Comment ai-je pu croire que je m'en tirerais aussi facilement ? qu'il s'agissait de lui dire que j'en aime un autre pour qu'il me laisse en paix ? Et si je pleure ? Et si je crie ? « Jef ! Jef ! » « Tu peux toujours t'égosiller, il est mort, ton premier de classe, mort ! » Je me mets à geindre. « S'il te plaît, Roberto, on pourrait pas se parler calmement ? » « Trop tard pour la parlotte. Finissons-en ! » Il enlève son blouson de cuir, je vois l'arme sous la ceinture, « où t'as trouvé ça ? » il m'oblige à prendre le revolver, déchire son t-shirt, « regarde, sur mon cœur, ton nom tatoué, c'était pas une farce ! » je distingue cinq monstrueuses lettres noires sur sa peau blanche, il serre les dents, « vas-y ! c'est pas la fin du monde ! » la rue Saint-Jean s'ouvre comme un gouffre, « allez, gêne-toi pas ! » les piétons surpris s'accrochent aux trottoirs, « crève-moi le cœur ! » les morts se tournent dans leurs cercueils, « j't'aime ! » le cimetière tremble de tous ses os, « tire ! » le ciel crache avec fracas des étoiles de feu.

Le corps bascule. La tête se brise contre une pierre tombale. Affolée, je me lève, je lance l'arme sur un arbre, je crie. Jef, où es-tu ? Viens tuer mon cauchemar. Viens sceller un double meurtre. Impossible de me sauver, de courir éperdument jusqu'à toi. Le cimetière est un bourbier rouge sang où je m'englue comme une condamnée...

« Et Jef, vous avez de ses nouvelles ? » Les policiers me répondent qu'il est dans un état critique à l'Hôtel-Dieu. Ses parents le veillent. « Emmenez-moi le voir. Tout de suite. Emmenez-moi ! » Après quoi, plus rien n'aura d'importance.

STANLEY PÉAN

Blues en rouge sur blanc

Né à Port-au-Prince, Stanley Péan a grandi à Jonquière avant de se fixer à Québec. L'idée d'aborder la littérature comme un méfait lui souriant, il a *commis* un roman destiné aux adolescents, *L'emprise de la nuit,* qui paraîtra en août 1993 à la Courte Échelle et qui ne déméritera pas aux yeux des lecteurs de son sombre roman *Le tumulte de mon sang* (Québec/Amérique, 1991). Il a aussi fait paraître une quarantaine de nouvelles dans divers collectifs et périodiques de même que deux recueils (*La plage des songes* et *Sombres allées,* éditions Voix du Sud/CIDIHCA, 1988 et 1992). Dans le « Blues en rouge sur blanc » que voici, la littérature conduit décidément à tous les méfaits.

J e n'étais jamais allée à l'un de ces cocktails. Je n'en
savais que ce que Ketsia m'en avait dit et, encore, je
l'avais écoutée distraitement. Trop distraitement...

Pour la néophyte que j'étais, ces réceptions avaient toujours eu quelque chose de la messe noire : les gens du milieu
culturel de la capitale se réunissant, dans l'ambiance intime
d'une librairie ou d'un pub, pour célébrer quelque sacrifice
sanglant sur l'autel sacré des spectres anthropophages de
l'État Pourvoyeur.

Rien ne laisse présager qu'on assistera ici à une scène
aussi mordante. Me voilà plutôt au royaume de l'ennui,
incarné en la personne trapue d'un petit rouquin, l'heureux
éditeur, qui du haut de son podium n'en finit plus de s'écouter éructer des remerciements à ses distingués invités, doctes
amis et amies de la Culture québécoise, et aux auteurs du

merveilleux bouquin qui fait office d'alibi à cette beuverie officielle et subventionnée. Rote toujours, Poil-de-carotte ! De toute manière, aucun d'entre eux ne prête le moindre intérêt à tes borborygmes, tout occupés qu'ils sont à

a) se goinfrer de canapés et de bouchées chaudes ;

b) engloutir flûte après flûte de champagnisé ;

c) tenter de repérer un ou une partenaire pour jouer à touche-pipi ;

d) toutes ces réponses.

Le maître de cérémonie s'étant étouffé avec ses propres gaz gastriques, il cède le micro aux dignitaires puis aux auteurs du livre lancé ce soir : le premier tome de *l'Encyclopédie des Arts et Lettres québécois,* couverture plein cuir, abondamment illustré en couleurs, etc., etc. Je ne sais plus qui parle. Je ne suis pas la sarabande des discours.

Je ne suis pas venue pour ça.

Pour tout dire, mon nom ne figure même pas sur la liste des invités. Je n'ai pu passer le pupitre de l'hôtesse qu'en m'accrochant à l'improviste au bras d'un barbu aux allures douteuses, que tout le monde semble connaître. Selon ses propres dires, l'hurluberlu, un ivrogne invétéré dénommé Walter Hégault, fait de la « figuration active » à tous les événements du genre, « à condition que la bibine y soit buvable et les poupounes disponibles... » Une fois ce poste de douanes franchi, j'ai laissé Hégault à sa quête pour me concentrer sur *mon* safari.

C'est que je me sens, moi aussi, des humeurs de prédatrice, ce soir.

Au moins, on ne peut rien reprocher à nos hôtes, côté musique. Pour l'occasion, on a retenu les services du Quintette Gabriel D'ArqueAngel. Je m'étonne de sa présence ici : le jazzman n'a pourtant pas l'habitude de pointer le pavillon de sa trompette en dehors de la métropole. (À ce qu'on m'apprendra, l'un des auteurs serait un ami d'enfance.) Ainsi, je ne suis pas la seule « ethnique » à ce lancement. Incidemment, le trompettiste m'a remarquée lui aussi ; il m'adresse un clin d'œil plein d'invites, au moment d'attaquer les premières mesures de *All of you.*

Désolée, beau gosse, mais je ne suis pas ici pour toi.

Je pars en chasse, comme chantait Brel, qui n'en rentrait pas moins le cœur en déroute et la bite sous le bras.

Il fait chaud. Je me réfugie dans un coin un peu moins populeux. Cette faune mérite qu'on l'observe avec recul. Dans la salle, s'entassent plus d'une centaine de pique-assiettes de tout acabit : peintres, sculpteurs, écrivains, éditeurs, fonctionnaires, profs d'université et, les derniers mais non les moindres, quelques journalistes. Entre autres, voici venir l'incontournable Claudette Sexton, drapée dans un rideau fleuri jaune et mauve. Tout bien considéré, la réception ne compte pas que les musiciens et moi comme représentants des « minorités visibles ». Dans cet accoutrement hyper voyant, l'atrabilaire chroniqueuse-à-tout-faire de l'hebdo culturel de la capitale constitue une cible difficile à manquer pour tous les Achab du milieu artistique qui échangeraient volontiers leur âme contre le permis de la harponner.

Malgré les éclats de rire affectés, les exclamations de plaisir, les tintements de flûtes et les gémissements mélancoliques du saxo, j'ai l'impression de n'entendre que sa voix tonitruante. Madame discute avec ce romancier boutonneux, à peine sorti de l'adolescence, proclamé génie par lui-même et les mass media dès la parution de son premier roman. Du haut de son piédestal imaginaire, qui ne remplacera jamais la chaire qu'elle n'a su dénicher malgré ses diplômes et sa propension au *lichage*, Sexton pontifie au sujet du dernier roman du garçon, dont elle rendra compte cette semaine. À en juger par le ton sirupeux qu'elle adopte pour louanger le bouquin, il semble évident qu'elle l'a détesté même si elle n'en a lu, en diagonale, que la quatrième de couverture.

Après m'avoir bousculée par mégarde, un inconnu me demande pardon, avec un pseudo accent parigot et un soupçon de familiarité. De toute évidence, il me confond avec une autre et pourquoi s'en étonner? Les Négresses se ressemblent toutes au fond. Il me désigne un type, au fond de la salle, M. Truc Machinchouette, directeur des éditions Sans-Fonds, un excellent éditeur ceci dit, à qui il s'en va de ce pas serrer la pince. Faites donc ça, missié M'as-tu-vu.

Qu'un tel conglomérat de frimeurs puisse s'assembler dans une seule et même pièce relève du réalisme merveilleux. Non mais, écoutez-moi donc ces « néantiels » *faire du discours,* avec la prétention de se croire supérieurs aux pauvres types qui fréquentent les bars de danseuses du boulevard Hamel! Des bribes de conversations me parviennent de partout à la fois, ponctuées par les chorus du jazz. *Vous avez vu la nouvelle création de Lepage? Génial! Duras y en a marre; la vieille radote, elle pratique l'équivalent littéraire du «scratch» des rappers. J'ai adoré le spectacle de La La La Human Steps, et vous? Vous avez préféré l'exposition des affiches de Toulouse-Lautrec aux gravures sur chewing-gum du Musée de la civilisation, pas croyable!*

Ce spectacle désolant inspire vraisemblablement à D'ArqueAngel des pensées semblables aux miennes. À son signal, le *band* se lance dans une frénétique interprétation de *Love for sale.*

Je prends volontiers la flûte que m'offre si gentiment le traiteur. Pour lui rendre service, le malheureux; on voit bien qu'il rêve d'écouler toute la *booze* et la bouffe, de remballer ses trucs au plus sacrant et de filer à la maison pour les dernières minutes de son téléroman préféré. Je sirote le mousseux lentement. Tuer le temps : ça me fera la main.

Je n'irai pas jusqu'à prétendre qu'on s'ennuie ici. Ce n'est pas tout à fait exact. Je n'en veux pour preuve que cette savoureuse prise de bec entre la Sexton et ce ventru au cheveu rare et grisonnant dont elle a descendu en flammes le récent poème dramatique. Les couteaux volent de plus en plus bas au fur et à mesure que monte le ton. Encore un peu et ils en arriveront aux poings. Je blague. Nous sommes entre *gens civilisés*, après tout.

Dieu du ciel ! Mais c'est *mon* homme, avec sa moustache d'opérette et la calvitie expansive qu'il n'arrive plus à dissimuler sous ses quelques mèches restantes. DeGrandmaison, Théodore. Professeur à la Faculté des Lettres. La cinquantaine ventripotente. Auteur d'une thèse de doctorat portant sur les psycho-maniaco-dépressifs et la poésie au Québec. Poète et dramaturge à ses heures, mais surtout réputé collectionneur des poils pubiens de ses étudiantes (ce doit être lié à sa calvitie !).

Les protagonistes se séparent, chacun battant en retraite dans des coins opposés de la salle.

Enfin, tous mes pions ont pris leur place sur l'échiquier, comme dirait le méchant du télémélo de VLB. À moi de jouer. Mat en combien de coups ?

L'air de rien, je me faufile à travers la foule, direction DeGrandmaison. Je garde mes distances, d'abord. Un geste à demi esquissé. Quelques coups d'œil à la dérobée par-dessus mes verres fumés, puis un peu plus insistants, avec papillottements à la clef. Baisser les yeux brusquement, avec timidité, quand nos regards se croisent, histoire de lui laisser croire que c'est *lui* le Gwand Chasseuw blanc.

D'après Ketsia, il n'y a rien comme une croupe ronde et joufflue de Négresse pour l'émoustiller, le faire saliver à la manière des chiens de Pavlov. Je reconnais là une variété particulière du racisme caractérisée par le désir d'exercer une domination sexuelle sur les individus appartenant à la race honnie. Que Ketsia ne s'en soit pas aperçue dès le départ me dépasse carrément. Cette fragrance qui le nimbe comme une aura, laissez-moi deviner. Après-rasage *Brute de Blanc*, de la maison LePen?

Il me répugne de me réduire au statut d'objet sexuel, mais la fin justifie les moyens. En l'occurrence, ces nattes très fines, comme des rideaux entrouverts sur mon visage acajou, ce fard excessif sur mes joues, ce rouge carmin sur mes lèvres, cet ensemble sexy en satin noir, au décolleté audacieux, avec chapeau, verres teintés et gants de dentelle assortis.

Même Ketsia ne me reconnaîtrait pas, dans cet accoutrement.

J'ai l'air d'un ange de la Mort.

Ma parole, le quintette donne l'impression d'adapter son répertoire à mes mouvements! Je reconnais l'intro élégiaque de *Sophisticated Lady*. Du coup, dans ma tête, la voix de Billie telle une plaie rouverte:

Oh no, Sophisticated Lady I know
You miss the love you lost long ago
And when nobody is by
You cry

« On se connaît? me demande DeGrandmaison, en s'approchant de moi.

— Peut-être. Ça ne dépend que de vous. »

Je ne l'ai pas dit comme une vamp. Les scènes à la Bacall-Bogart, *play it again*, *Gabe*, très peu pour moi. Même sans ça, le poisson mord à l'appât. Je l'intrigue, lui rappelle quelqu'un. Ne nous serions-nous pas déjà rencontrés, à un autre lancement, non, à l'université alors, dans un de mes cours ? Pas tout à fait, mon toutou, mais tu brûles. Guère recommandable, si l'on considère la quantité d'alcool ingurgitée jusqu'ici...

Du coin de l'œil, je remarque que Sexton s'engage sur le chemin des vécés. Je prie mon interlocuteur de m'excuser, avec un petit rire niais pour simuler l'ivresse. Après m'être monté à la tête, tout ce champagnisé me retombe tranquillement dans les reins. Je reviens tout de suite, promis. Je suis déjà pardonnée, m'assure DeGrandmaison. Quelle sollicitude !

Pas difficile de devancer Sexton. Elle se déplace avec la lourdeur de sa prose. En face du miroir au-dessus des lavabos, *je me refais une beauté*. À son entrée, l'extase. Madame Sexton ? Claudette Sexton ? Je vous lis toutes les semaines, j'adore votre chronique, je trouve que vous avez tellement... de sens critique ! Je lui flatte l'ego dans le sens du poil. Elle me sourit de tous ses fanons. Encore un peu et elle se roulerait par terre, sur le dos, telle une chatte offrant son ventre aux calins.

« Ça va peut-être vous paraître téteux, mais j'aimerais ça avoir votre autographe. »

Elle marche ! Elle dépose sa flûte et son sac près des lavabos, se penche sur la feuille pliée en trois que je lui tends. Elle va signer. Avec sa Mont Blanc, *s'il vous plaît*. « Écrivez ''en toute amitié, Claudette'', ça suffira. » La bête s'exécute. Mais que de concentration pour une phrase de rien du tout ! Elle fait tout juste un demi-mot à la minute.

« Depuis que je me suis acheté un dactylo électronique, j'ai perdu l'habitude d'écrire à la main, brait-elle en guise d'excuse. »

Une autre invitée sort des toilettes, me laissant seule avec mon « idole ». Sexton me rend le papier, dûment signé. Je la remercie *sincèrement*. Presque au hasard, elle titube jusqu'au cabinet réservé aux personnes handicapées, le plus vaste.

Madame est expansive : de son trône, la reine des *bitches* poursuit la conversation qu'elle n'avait pourtant pas amorcée avec moi. Assez grise, la baleine blanche. Ses propos sans queue ni tête concernent toutes ces queues sans tête qu'elle pourrait s'envoyer ce soir si ce n'était de cette satanée chronique à remettre au plus tard demain matin dix heures. S'ensuivent pêle-mêle des considérations sur son succès phénoménal avec la faune masculine, le dur et ingrat métier de commentatrice culturelle, sa terrible envie de se poudrer le nez avec une ou deux lignes de coke, le bain moussant qu'elle se promet après l'ouvrage.

Je fais de l'écoute active en gardant un œil sur le sac et la flûte qu'elle a laissés sans surveillance. Quelle imprudence. Il serait si facile pour des méchants de lui voler sa bourse ou d'empoisonner son mousseux...

Je ressors en même temps qu'elle, la remercie encore de sa gentillesse. Ce n'est rien, me dit-elle, comme si je l'ignorais. Nous nous séparons. Je cours retrouver mon soupirant, près du bar. Nous reprenons notre discussion là où nous l'avions laissée — entre deux insinuations grivoises, si je ne m'abuse. On arrive enfin aux présentations. Il me demande mon nom. Spontanément, je réponds Néfertiti. Pas mon nom véritable, allons donc, mais j'ai toujours rêvé de m'appeler ainsi ; l'album de Miles que préférait Ketsia porte ce titre. Du reste, pour avoir fréquenté longtemps des putains haïtiennes, le bwana sait qu'il peut et *doit* s'attendre à tout de notre singulier petit peuple.

« Vous pouvez m'appeler Théo. »

Peut-être plus tard, chéri, donne-m'en le temps. Je n'ai jamais eu la familiarité prompte. Le fil de nos propos décousus m'amène à prononcer les mots magiques, *oui, je viens d'emménager à Québec.* Tout de suite, il s'offre, chevalier servant, prince charmant, comme guide, propose de me faire découvrir les beautés de la Vieille Capitale, à commencer par ce petit bistro sympa où nous pourrions terminer la soirée en tête-à-tête. Dis donc, on ne perd pas de temps ! L'alcool le rend sûr de son charme, de son esprit... et de sa carte de crédit. Je fais mine d'hésiter, ne veux quand même pas passer pour une fille facile ; il insiste, son offre me tente, mais. Et puis, *why not ?* On n'a qu'une vie à vivre, après tout (disait souvent Ketsia)...

Cette victoire inespérée sur mes réticences semble le déconcerter. À son tour d'hésiter. Je reconnais l'air embarrassé de l'homme marié qui préfère ne pas être aperçu au sortir d'une réception en compagnie d'une inconnue assez jeune pour être sa fille... mais pas de la bonne couleur ! Dans sa quête d'un prétexte pour me faire sortir avant lui, il se montre aussi subtil que Sexton quand elle veut faire une fleur à un auteur frônçais. Pas besoin de me faire un dessin, si tu savais comme ça m'arrange. Allez, va saluer tes collègues puis passer ton coup de fil à Bobonne. J'attendrai dehors, comme ces filles de la rue que tu apprécies tant.

Je n'aurais pas pu mieux planifier ma sortie. Le *band* a à peine terminé son *set* que déjà le rouquin à la digestion laborieuse reprend le micro. Poil-de-carotte remercie les musiciens et rappelle à tous que le Quintette Gabriel

D'ArqueAngel se produit au bar *L'emprise* de l'hôtel Clarendon jusqu'à. En se refermant derrière moi, la porte vitrée met une sourdine au roteux volubile.

C'est déjà presque la nuit, en ce début de mai. Sous un crépuscule fuchsia, la Basse-Ville se déploie jusqu'au flanc du parc des Laurentides comme un drap noir couvert de joyaux. Au loin klaxons et sirènes, comme les cuivres d'autrefois. Du fond de ma mémoire vient une clameur ; la douleur s'infiltre jusque dans mes os. Je songe à Ketsia, à son amour pour ce « gros village » qu'une *montréaliste* pure et dure comme moi n'a jamais su s'expliquer. Elle voulait sa liberté, qu'elle disait. Tant pis, le mal est fait, on ne peut pas revenir sur le passé. Au mieux, on peut en orienter les répercussions.

Une brise légère semble toussoter telle une asthmatique qui cherche son souffle. Sortie du stationnement souterrain, une BMW rutilante roule jusqu'à moi. Voilà qui est vite fait. Mais qu'a-t-il bien pu raconter à Bobonne pour justifier son retour tardif dans la lointaine banlieue où il l'a enfermée avec la marmaille ? *Oui, merde, je me suis ramassé une poupoune pour la sauter... Va donc torcher les marmots et câlice-moi patience, je rentrerai quand j'en aurai envie !* Non, une telle honnêteté lui siérait mal. Plus probablement, il lui a susurré sur un ton doucereux quelque chose dans le style *désolé, chérie, j'avais oublié de te dire... une réunion du comité de programme... J'essaierai de faire vite, mais je ne peux rien promettre. Ah, ne sois pas comme ça. Sûr que je t'aime. Allez, embrasse les enfants de ma part.*

La portière s'ouvre du côté passager, mais au moment de monter, je trébuche et renverse *maladroitement* le contenu de mon sac sur le trottoir.

« Merde, que je suis gauche !

— Attendez, je vais vous aider, dit-il en bondissant hors de l'auto.»

Trop courtois de sa part. Surtout que son empressement à ramasser mes affaires trahit sa crainte d'être vu, ici, avec moi. Comme la cueillette achève, son regard s'arrête sur un objet qu'il ne s'attendait pas à trouver dans le sac d'une jeune femme. «Eh ben, on rit plus...

— Même à Québec, on ne se sent plus en sécurité, toute seule le soir...»

Ceci pour expliquer ce couteau à cran d'arrêt parmi les bâton de rouge, miroir à main, porte-monnaie et papier autographié qu'il me rend gentiment. Il arque un sourcil mais n'insiste pas. Bientôt, nous prenons place à bord de sa BMW et nous nous engouffrons dans la nuit tombante.

Le bistro, dans le voisinage du Vieux-Port, correspond à l'idée que je m'en étais faite à partir des descriptions de Ketsia. Éclairage tamisé. Rock-détente en sourdine. Fumée de cigarettes en guise de rideau de brume. Décor série noire.

Sur la carte, je choisis ce qu'aurait pris Ketsia. Il ne s'en rend pas compte, bien sûr, trop occupé à jouer du genou sous la table laquée. Après l'apéro, une première bouteille pour l'entrée et le potage, une seconde pour le plat principal. Au diable la dépense! Que des grands crus, s'il vous plaît. Rien à voir avec le *ginger ale* qu'on a essayé de faire passer pour du champagne tout à l'heure!

Une minute lucide et austère, l'autre fofolle et *en apparence* soûle, je passe du coq à l'âne. Ces changements de tempo, plus imprévisibles, plus déments que ceux de Coltrane, décontenancent mon homme. Le pauvre bwana ne sait plus sur quel pied danser, tandis que moi, c'est connu, j'ai *le rythme dans le sang*.

Simulant la griserie et l'excitation puérile d'une *groupie*, je lui montre l'autographe de mon « idole », Claudette Sexton. Il déplie la feuille que je lui tends, la regarde avec un sourire emprunté et reconnaît à contrecœur qu'en effet c'est une des commentatrices culturelles les plus « solides » (ouais, comme un bunker en béton armé !) de Québec. Ah, les sacrifices qu'on ne ferait pas dans l'espoir de se tremper le pinceau !

Mon cavalier veut tout savoir de moi, d'où je viens, ce que je fais dans la vie, etc. Je lui laisse croire que j'écris, du moins que j'essaie. (N'est-ce pas notre cas à tous ?) Un mensonge, certes, mais ni le premier ni le dernier de la soirée. DeGrandmaison (appelez-moi Théo, j'insiste) prétend qu'il serait heureux de jeter un coup d'œil sur mes « trucs », *de me donner son avis informé, si je voulais...* Si je voulais quoi ? Je devrais sans doute me sentir honorée de cette attention mais, désolée, je te vois venir avec tes gros sabots.

Je lui dis que je travaille depuis un an à un roman noir, une histoire de vengeance dont le dénouement serait à la fois surprenant et cruel. Elle met en scène un mari volage qui s'éprend d'une de ses maîtresses... Enfin, pas tout à fait, disons plutôt qu'il s'accommode de leur rapport dominateur/ dominée au point d'entretenir la jeune femme. Cependant, il doit tout laisser tomber, et jeter sa maîtresse carrément à la dèche, quand une ennemie — mettons quelqu'un dont, par trafic d'influence, il aurait nui à la carrière — menace de tout révéler à sa femme. Mon récit s'intéresse à l'amante abandonnée qui veut sa revanche.

J'avais espéré que le prof de littérature en lui saurait apprécier cette « mise en abyme ». À peine s'il comprend. Les vapeurs éthyliques lui embrouillent les pensées. Il bafouille quelque chose à propos de la valeur artistique discutable des *thrillers* et me demande pourquoi ne pas m'attaquer à de *véritables sujets* plutôt. Ça viendra, mais il faut d'abord faire ses premières armes, non ?

L'addition le fait tressauter légèrement, mais l'offre d'un dernier verre, pour la route, chez moi, lui redonne à la fois sa bonne humeur et sa conviction de ne pas s'être mis en frais pour rien. Ne t'inquiète pas, bwana, je t'en donnerai pour ton argent !

Québec-by-night me semble plus fébrile qu'une entremetteuse à l'annonce du mouillage prochain d'un gros navire de la marine. Dans l'auto, nous sommes plutôt silencieux. Aux feux rouges, son regard s'aventure vers mon décolleté, la rondeur généreuse de ces seins qu'on devine à travers le satin noir parle directement à sa libido. À croire qu'il n'a pas été sevré par sa maman, le pauvre bébé...

Nous arrivons, via le boulevard René-Lévesque, dans le quartier Montcalm. Voici la rue, voici l'immeuble. Suivant mes indications, Théo (puisqu'il insiste tant) engage sa BMW dans l'allée, jusqu'au stationnement arrière. Il éteint ses phares, coupe le contact. Je détache ma ceinture, déverrouille ma portière puis me retourne vers lui.

« Il faut d'abord que je monte vérifier si ma coloc est chez son *chum*, ce soir, dis-je, faussement confuse. J'aurais dû l'appeler depuis le resto. Si elle est à la maison, ça augure mal de notre *night-cap*. À moins de négociations... »

Il n'a pas l'air très heureux de la tournure des événements. Je lui envoie un petit bec du bout des lèvres pour le rassurer. Pas la peine de m'inquiéter. Il restera là, derrière son volant, à attendre sagement le signal de monter me rejoindre.

Me hâter jusqu'au troisième. Fourrer la clé dans la serrure. Ne pas la retirer, une fois la porte ouverte. De la lumière, en provenance de la salle de bains. De toute évidence, mon amie s'est arrangée pour rentrer, même sans le trousseau que je lui ai emprunté plus tôt. J'avance vers la pièce éclairée en faisant tourner dans ma tête le générique d'*Ascenseur pour l'échafaud,* pour l'ambiance. Comme prévu, la pourfendeuse roupille à poings fermés, marinant au fond de son bain, assommée par les quelques comprimés dissous dans sa flûte à champagne. C'est presque trop facile. Je la contourne, empoigne une touffe de cheveux, relève la tête. Un dernier regard sur son mufle haïssable. Puis je fais glisser le couteau entre le troisième et le quatrième menton. Ça me rappelle une image entrevue en zappant l'autre soir : des Inuit, en train de dépecer une baleine échouée sur une banquise, s'empiffrant de son suif. À ma grande surprise, la lame traverse la couenne comme du beurre ramolli, trouve la jugulaire sans peine. Moby Dick tressaille, se crispe mais ne daigne même pas ouvrir les yeux pour voir pisser son sang. Paresseuse, va !

D'aucuns me trouveraient cruelle de faire payer cette mal-baisée pour un crime qu'elle n'a pas commis *à proprement parler.* C'est un point de vue. Je suis plutôt d'avis que n'eût été sa malveillance, je n'aurais peut-être pas porté le deuil durant ces deux dernières années...

Je laisse tomber le couteau souillé sur les carreaux de céramique, retire le bouchon de la baignoire *queen size.* L'eau trouble mêlée de sang s'engouffre en un tourbillon qui laisse des traînées d'un rouge terne sur la porcelaine. Alfred Hitchcock ne m'en voudra pas de ce petit emprunt.

Rester calme, malgré l'odeur de boucherie qui alourdit l'atmosphère. Passer dans le bureau, mettre en marche le dactylo électronique. Retirer le feuillet qui s'y trouve. (C'est le romancier juvénile qui va être content ; elle n'a pas eu le temps d'achever le papier où elle le vilipendait !) Glisser sous le rouleau la feuille si gentiment autographiée par Sexton. Mes doigts sur le clavier, je pense à un solo de Monk : *I'm confessin' that I love you.* J'improvise. Sur un air familier : variation sur la lettre de rupture reçue par Ketsia une semaine avant son suicide. Je m'efforce cependant de reproduire le style Sexton, cet habile mélange de vitriol et de mesquinerie qui faisait le supplice de ses victimes hebdomadaires.

Quel revirement de situation. DeGrandmaison révoqué *because* bite molle. L'arroseur arrosé, quoi ! Mais je pense à Ketsia, trouvée morte au bout de ses larmes et de son sang, et je n'ai plus le cœur à jubiler.

Éteindre la machine, arracher la feuille du chariot, la chiffonner un peu puis la laisser tomber nonchalamment dans la cuisinette. Composer le numéro des *bœufs*. Avec ma meilleure voix d'honnête citoyenne en détresse, leur confier les angoisses que m'inspire ce rôdeur suspect autour de l'immeuble voisin.

« L'adresse ? Voilà, tout de suite. Faites vite... »

Un coup d'œil à travers les stores maintenant, pour m'assurer que « l'amant éconduit » attend toujours en bas. Ce qu'il y tient, à sa petite partie de jambes en l'air ! Je devrais lui laisser quelques poils de ma chatte, pour sa peine.

Chose promise, chose due, je fais clignoter la lampe du perron. Trois fois pour oui.

Puis je me précipite vers la porte de devant.

En dévalant les marches quatre à quatre, je me plais à imaginer la suite. Il va monter aussi rapidement que lui permettront son embonpoint et son ébriété, en savourant à l'avance la pipe qu'il croit avoir méritée. S'étonnera de trouver les clés que j'ai *oubliées* dans la serrure, les ramassera pour me rendre service — bien plus qu'il ne l'imagine ! Il entrera, trousseau en main, m'appellera à deux reprises, impatient, traversera la cuisinette vers la salle de bains encore éclairée en se demandant bien pourquoi je ne lui réponds pas.

Et tombera sur le cadavre de *sa* victime.

Après ? Il faudra lire les journaux de demain pour connaître les détails de la suite : l'arrestation, la découverte des preuves accablantes, ses empreintes sur le trousseau de clés, la lettre d'adieu et l'arme du crime, le témoignage de tous ces gens qui ont assisté à sa providentielle engueulade avec Sexton au lancement. Ne comptez pas sur moi pour me taper ne serait-ce que les manchettes du *Soleil* ou du *Journal de Québec*. Il n'y a que les pages culturelles qui m'intéressent...

Je retourne à l'auberge dans le Vieux, pour me débarbouiller le visage et me débarrasser de ce costume de Mardi Gras, la bourrure dans mon soutien-gorge, les lunettes fumées, les faux cils, la perruque. Mon train quitte Québec demain matin. Je repartirai comme je suis venue, ni vue ni connue.

En attendant, j'irai au Clarendon, histoire d'écouter la trompette de D'ArqueAngel me parler de ces bleus qui me collent à la chair comme une seconde peau.

JEAN PELCHAT

Staline à Québec

Le sort des empires vaut bien quelques indélicatesses, par exemple celle par laquelle Joseph Staline n'a pas été invité à la conférence alliée tenue au Château Frontenac en août 1943. Retoucher l'Histoire n'a rien de bien sorcier quand on est peintre et qu'on a, comme Jean Pelchat, la passion de raconter des histoires, et parfois dix, vingt dans la même, avec comme toile de fond un Montréal admirablement falsifié, ainsi qu'il le faisait dans son recueil *Le lever du corps* (paru en 1991 aux éditions de L'instant même).

Le Soleil. Québec, samedi 14 août 1943. En page 3 :

L'ABSENCE DE STALINE SUSCITE
DES COMMENTAIRES TRÈS DIVERS

La Russie a-t-elle été invitée à prendre part à la sixième conférence interalliée ? — C'est la question qu'on se pose dans tous les milieux — Les opinions des journaux québécois

(Par John Dauphine, de la Presse Canadienne)

Ce dont on parle à Québec, vieille ville française, en attendant le président Roosevelt et le premier ministre Churchill, c'est de savoir si la Russie a été invitée à la sixième conférence interalliée, et, sinon, si c'est une bonne ou une mauvaise affaire.

Au cours d'une confé-rence de presse tenue hier, les journalistes accrédités à la conférence ont tenté d'obtenir des éclaircissements sur ce point mais sans succès. M. A.-D. Dunton, agent de liaison entre les officiels de la conférence et les journalistes, a déclaré que le premier ministre King et les membres du gouvernement canadien *n'avaient rien du tout à dire sur ce sujet, en l'absence de MM. Roosevelt et Churchill. Mais les journaux de Québec ont publié des articles éditoriaux qui font le sujet des conversations dans tous les foyers. L'Action Catholique, pour sa part, a publié, sous la signature de M. Louis-Philippe Roy, un éditorial d'une colonne sous le titre : « Alerte ». Il dit, en partie :*

« Staline ne viendra pas à Québec.

Nous nous en réjouissons. Sa présence eût gâché le plaisir que nous avons et terni la fierté que nous éprouvons en accueillant les chefs politiques et militaires des Nations Unies.

Non pas que nous ignorions l'ampleur de la participation de l'U.R.S.S. à la guerre et l'importance du facteur russe dans la tournure avantageuse des opérations sur tous les fronts. Mais comme le dictateur « rouge » n'a participé encore à aucune des confé-rences Churchill-Roosevelt, sa venue à Québec, capitale du seul État catholique du continent, eût été un défi. »

Il ajoute : « Si la Russie est un allié précieux elle n'est pas fiable pour la période de l'après guerre. Aussi long-temps que son dictateur n'abandonnera pas son atti-tude douteuse à l'égard de la Pologne et des autres Nations Unies, prenons-y garde tout en reconnaissant le courage des soldats et l'héroïsme du peuple russe. » Le journal libéral, le « Soleil », dans un éditorial, dit :

« L'un des principaux objets des conversations qui se poursuivront ici la semaine prochaine est justement de préparer les voies à un accord plus compréhensible entre les démocraties anglo-saxonnes et un État anticapitaliste. En dépit de ce qu'on peut croire ou dire en certains milieux hostiles, il n'y a pas d'abîme qui sépare l'idéologie libérale de l'idéologie collectiviste. »

Le «Soleil» fait une référence au désir exprimé par le président Roosevelt d'agrandir le cercle de la conférence et il ajoute :

«Cela devrait suffire à démontrer aux hommes de bonne volonté que les chefs des pays libéraux n'ont pas de plus vif désir que de trouver un terrain d'entente avec les gouvernants de la Russie.»

Bien que le Canada soit l'hôte de la conférence, l'opinion est de plus en plus établie que le gouvernement canadien n'a rien eu à faire avec les invitations qui ont été envoyées par la Grande-Bretagne et les États-Unis...

* * *

Koba Ivanovitch arriva à l'aéroport de Montréal le dix-sept août au petit matin. Il descendit seul de l'appareil avec sa valise en carton. Il n'avait pas dormi depuis Moscou, cela faisait trois jours, et il avait les traits tirés. Il se dirigea immédiatement vers l'homme qui l'attendait sur la piste : mon père.

Ils n'étaient convenus d'aucun signe de reconnaissance et mon père le regrettait. Il pouvait s'agir d'un sosie.

«Camarade Serguéï Rostov ? demanda l'arrivant, tout bas, après s'être allumé une cigarette et défait du paquet vide en le laissant tomber à ses pieds.

— Oriol, répondit mon père, avec un chat dans la gorge. J'ai changé de nom. Comment dois-je vous appeler ?

— Appelle-moi Ivan, camarade, dit Koba, alors qu'un nuage de fumée filtrait à travers son épaisse moustache, dérivait sur ses joues grêlées, mal rasées, comme à l'époque, avant de se dissiper dans la brume ambiante.

— Dans ce cas, Ivan, suivez-moi. Je m'occupe de la valise.»

Koba reprit une bouffée et monta à bord de la grosse Packard noire stationnée près des bâtiments.

Il sommeilla pendant la plus grande partie du trajet, jusqu'à l'approche de la capitale, aux environs de Saint-Augustin, où il sortit un nouveau paquet de cigarettes, dont il déchira le timbre avec l'ongle du pouce et qu'il retourna dans tous les sens pour l'examiner, jusqu'à l'intérieur où, dans leurs emballages d'aluminium, s'alignaient vingt-cinq doigts de tabac sur deux rangées, des Milbank.

Mon père l'informa des derniers événements : l'armée russe avait repris Kharkov, elle se dirigeait maintenant vers Kiev ; les Allemands battaient en retraite...

« À Québec, qu'est-ce qui se passe ?

— Churchill est arrivé hier, Roosevelt est attendu demain. Ils vont loger à la Citadelle.

— Et moi ?

— À l'hôtel Clarendon. Nous avons réservé une chambre, c'est la seule qui restait ; mais vous l'avez pour la durée de la conférence.

— C'est près de la Citadelle ?

— À deux pas. Vous pourrez vous y installer demain.

— Où m'emmènes-tu, en attendant ? »

Mon père gara sa grosse voiture derrière la maison qu'il venait d'acheter en banlieue de Québec, à Loretteville.

* * *

Koba jeta à peine les yeux sur ma mère. Il demanda immédiatement où était son lit. Mon père adressa un clin d'œil à sa femme et alla le lui montrer.

« C'est incroyable ! lui dit-elle, quand il revint à pas feutrés. Tu es sûr que cet homme, c'est bien...

— Oui.

— Il a la même tête que sur ses photos, seulement... Je l'imaginais plus grand.

— La prochaine fois que tu vas le voir, regarde son bras gauche, il se l'est fracturé quand il était jeune. Il est resté un peu difforme, plus court que le droit d'au moins deux pouces... Si Koba est un acteur, tu peux être sûre qu'il a souffert pour avoir ce rôle, entrer dans le personnage. Qu'est-ce qu'on ne ferait pas faire à certains hommes...

— Il aurait quand même pu me dire bonjour.

— Il ne connaît pas un mot de français.

— Me saluer, au moins... »

Elle disparut une minute.

« Il n'y a pas de bruit dans sa chambre, dit-elle, quand elle fut de retour dans la cuisine... As-tu remarqué ses yeux, quand ils bougent, on dirait un reptile. Cet homme n'est pas normal, Serge, je l'ai vu tout de suite, il me fait peur. Il ne te ressemble pas, à tes amis russes, les camarades, non plus...

— Koba n'est pas Russe.

— Non ?

— Non. Il vient de Géorgie. Si tu l'entendais parler notre langue... Il n'a jamais réussi à se débarrasser de son accent caucasien.

— Et qu'est-ce qu'il est venu faire ici ? Qu'est-ce qu'il va se passer de si important à cette conférence pour qu'il se déplace lui-même, et sans escorte ?

— Ça, j'aimerais bien le savoir, mais ne t'inquiète pas... », dit évasivement mon père, qui avait commencé de lire les manchettes du quotidien déplié sur la table de cuisine :

Une grande flotte d'invasion vient de quitter la côte de la Sicile — CORDELL HULL VIENDRAIT À QUÉBEC — Une bataille acharnée fait rage à 15 milles de Briansk — Le

Royal 22e Régiment fait l'admiration de tous — La ville de Turin a de nouveau été bombardée la nuit dernière — Île stratégique occupée par les Américains dans le Pacifique — L'invasion de l'Europe ne retardera pas.

* * *

Koba dormit, mais mal. Sur le terrain en face, une pelle mécanique creusait les fondations d'une autre maison de banlieue.

Le lendemain, il se fit conduire incognito à son hôtel où Nicolaï « Nick » Taraboukine, un autre agent du N.K.V.D., prit le relai de son meilleur ami. Koba Ivanovitch resta enfermé au Clarendon jusqu'à la fin de la conférence.

De retour à la maison, mon père lut dans *Le Soleil*: *Immédiatement après son arrivée à la citadelle, le président Roosevelt a fait l'inspection des quartiers qui lui ont été préparés, du côté du fleuve. Il était accompagné du premier ministre Churchill et de M. Mackenzie King, et M. Rossevelt s'est déclaré enchanté. Le chien du président, Fala, occupait une place dans une des automobiles du cortège.*

À cet endroit, il interrompit sa lecture.

« Bienvenue à Québec, Fala ! » murmura-t-il, pour lui-même, avant de reprendre :

Immédiatement après l'arrivée du président, le drapeau américain a été hissé à un des mâts de la citadelle. Pendant toute la journée d'hier, le fanion du gouverneur général a aussi été hissé à l'un de ces mâts et plusieurs personnes ont cru que c'était l'emblème officiel de Staline.

« Hum ! »

Dans les dix-huit premières pages du journal, il ne compta pas moins de soixante encarts publicitaires payés par des compagnies privées qui souhaitaient leurs *Bienvenue,*

Meilleurs Vœux, Succès... à Churchill et à Roosevelt : *LÉONARD LE BOTTIER, 48, rue Saint-Jean — DEMONTIGNY-PONLOT, 39, 7ᵉ Rue, Limoilou — SAMSON ET FILION, 345, rue Saint-Paul — JOS. CÔTÉ, Dépôts de tabac et cigarettes — CHINA SHOP LTD., 67, rue Saint-Jean — MORISSET AUTOMOBILES (Enr.), 33, boulevard Charest — HÔTEL SAINT-ROCH, Lieutenant-colonel Oscar Gilbert, Prop. — CLAIRE FONTAINE, 86, côte d'Abraham — LA VOGUE-LUCILLE Ltée, 15, rue Saint-Jean.*

* * *

Le vingt-quatre août, Koba revint à Loretteville, conduit par Victor Chklovski, un troisième agent soviétique, en poste depuis peu à Québec.

« Et ne reviens pas me chercher ! criait Koba à l'homme qui saignait du nez derrière son volant. Je ne veux plus te voir, espèce de crétin, ni toi ni les autres ! »

Mon père n'eut pas le temps de leur demander ce qui s'était passé qu'il se trouva refoulé dans sa propre maison d'un geste autoritaire.

Koba avait apporté un journal qu'il jeta sur le comptoir, près de l'évier, sur un exemplaire identique, sans se rendre compte de la parfaite coïncidence. Il fulminait.

« Regarde, camarade, dit-il, en pointant la première ligne de la première page. Si on m'a bien traduit... »

Tout en haut, au-dessus de « LE SOLEIL », il y avait, s'étendant sur toute la largeur :

La Russie est mise au courant des décisions prises à la conférence de Québec

« Je ne comprends pas, dit mon père, qui parcourait en

77

vain le journal pour trouver l'article en question. C'est bizarre.

— Ils savent tout», reprit Koba.

Au milieu de la même page, il y avait la photographie commémorative de la fin de la première Conférence de Québec. Les dignitaires étaient assis devant la foule des «journalistes accrédités» qui les pressaient de questions et prenaient des notes dans des calepins. Au centre, Winston Churchill était effondré sur sa chaise, la tête basse, le chapeau mou sur la cuisse : on aurait dit qu'ils dormaient, le chapeau comme l'homme.

Koba gratifia ce dernier d'un sarcasme :

«C'est l'Empereur de l'ennui», souffla-t-il.

Puis il sortit une pipe de sa poche, la regarda comme s'il se fût agi d'un crâne d'intellectuel, l'y renfonça négligemment, fouilla dans une autre poche, saisit un paquet de cigarettes, il avait changé de marque, des Smoky Valley. Ma mère observait son bras gauche. Koba la surprit, il esquissa un sourire de gêne et de méchanceté.

Mon père ne vit rien de tout cela. Il cherchait Fala, le chien de Roosevelt, sur la photo.

* * *

Pour souper, Koba dévora une truite mouchetée qui le mit de bonne humeur ; puis il envoya mon père chercher de la bière, «de la Black Horse,» spécifia-t-il, et du porter «Champlain», et il lui ordonna de boire avec lui. Ma mère les servirait.

Après avoir ingurgité le contenu de sept ou huit bouteilles sombres et ambrées, qu'il mélangeait dans un verre de Coke, et fumé autant de cigarettes, Koba se mit à divaguer sur les relations qu'il avait eues avec ses parents, son père, mort à la suite d'une rixe entre ivrognes, et sa mère qui aurait voulu qu'il devienne pope... Il évoquait l'époque de son adhésion au Parti, sa vie dans la clandestinité, la Sibérie, les bolcheviks, la Révolution de 1917, sa dernière rencontre avec un paralytique à l'article de la mort, il mentionna même une lettre que cet homme jadis puissant lui avait fait transmettre, une lettre personnelle dont il ne divulgua pas le contenu, et le souvenir de sa femme qui s'était suicidée, tout cela à la fois, quand ma mère leur apprit qu'il ne restait pratiquement que des bouteilles vides, elle avait dit : « des corps morts ».

Mon père traduisit mot à mot l'expression à Koba qui, cette fois, sourit franchement en regardant à hauteur des cheveux cette belle jeune femme qu'était ma mère.

C'est alors qu'il exprima le désir d'aller faire une promenade, seul avec elle. Il voulait visiter le chantier d'où provenait le bruit qui avait perturbé son sommeil le jour de son arrivée, voir le travail d'ouvriers dégénérés. Pendant ce temps, mon père préparerait sa chambre.

Koba se leva en titubant vers ma mère qui enfilait une veste de laine. Elle fit un pas à reculons, ébaucha un sourire incertain, fixa Koba dans le blanc des yeux et dit, tout haut :

« Monsieur, vous avez un regard de reptile. »

Ni Koba ni ma mère n'exigea ou ne demanda de traduction. Heureusement pour le traducteur qui mentait aussi mal dans une langue que dans l'autre.

* * *

Ma mère revint seule et en pleurs. Elle trouva mon père en train de changer les draps, l'air trouble.

« Viens vite, il est tombé dans la cave de la maison en construction ! lui lança-t-elle depuis la porte de la chambre.

— Qui est tombé ?

— Qui veux-tu que ce soit ?

— Koba ? »

Mon père sursauta, en proie à une illumination : des visions insoutenables, apocalyptiques, odysséennes, des dizaines de millions d'âmes. Et il avait envie de laisser Koba où il était ; mais il en fut incapable.

« Reste ici », dit-il en partant.

* * *

« J'ai la jambe cassée. Je ne peux pas me lever. Aide-moi, camarade ! »

Mon père fit glisser une échelle et descendit dans le trou. Koba disait vrai. Sa jambe gauche se trouvait dans une position impossible ; pliée au genou, légèrement, mais du mauvais côté, vers l'avant.

« Va chercher de l'aide, fais vite, camarade Rostov, je souffre ! Qu'est-ce que tu attends ? C'est ta femme qui m'a poussé, Rostov ! Tu m'entends ? Ta femme !

— Lucille ? »

* * *

Mon père revint avec une pelle.

« Qu'est-ce que tu veux faire avec ça, dit Koba. Je n'ai pas besoin d'une pelle.

— Une béquille...

— Tu es un idiot, Rostov !

— Or... Vous croyez toujours que c'est elle qui vous a poussé ?

— J'en suis certain. Il va falloir la... Mais laisse cette

pelle et dépêche-toi d'aller chercher de l'aide, imbécile ! Je souffre terriblement... Non ! Non ! »

Mon père lui assena un coup sur sa jambe cassée. Koba émit un gémissement ; mais il n'y avait personne pour l'entendre que celui qui continuait de frapper.

« Tu me purges, Koba Ivanovitch, chuchota-t-il en russe, avant d'ajouter avec son accent slave, en français : mon criss ! »

Et il lui fracassa le nez, lui recassa son petit bras avec la pelle.

Quand ce fut fini, il enterra le monstre, vérifia qu'il ne laissait aucune trace, et revint tranquillement à la maison.

« Qu'est-ce qui s'est passé ? dit ma mère qui pressentait une catastrophe.

— Rien, Lucille, ils sont venus le chercher... Il ne reviendra jamais, fit mon père en la prenant dans ses bras. Tu n'entendras plus parler de lui. »

Au matin, il virent arriver un camion de la Carrière Verreault. Plus tard, dans l'après-midi, les « ouvriers dégénérés » cimentaient les fondations du domicile de nos futurs voisins.

Les extraits de presse sont empruntés au *Soleil* (éditions du 14, 17, 18 et 24 août 1943).

SERGI PÀMIES

Le Romesco

traduit du catalan par Anik Lapointe

La tenue des Olympiques à Barcelone en juillet 1992 a permis aux Québécois de découvrir l'existence de la nation catalane. Dans la féconde littérature catalane, il faut compter avec Sergi Pàmies, auteur de romans et de deux recueils de nouvelles publiés par les éditions Quaderns Crema, *T'hauria de caure la cara de vergonya* (1983 ; paru en 1988 chez l'éditrice Jacqueline Chambon sous le titre *Aux confins du fricandeau*) et *Infecció* (1986 ; *Infections*, Jacqueline Chambon, 1989). L'humour est rarement absent de ces nouvelles où on se livre volontiers aux plaisirs de la chère, radieuse, triste, relevée, toxique, volubile, taciturne...

J'avais un restaurant, *Le Romesco*, dans le centre de Barcelone. Zinc en acier inoxydable, deux fûts de bières importées, chaises Thonet, personnel composé de cinq garçons, d'un cuisinier et de deux aides-cuisiniers. On a ouvert le restaurant il y a quelques mois, cinq jours avant la cérémonie d'ouverture des Jeux olympiques. Le jour de l'inauguration, on était serrés comme des sardines. Il y avait tant de gens qu'on avait dû retirer les chaises et manger debout. Pour accompagner le vin blanc offert aux invités, nous avions préparé des moules froides en vinaigrette, un plat qui devait figurer à notre carte comme une spécialité de la maison. Il ne resta pas une seule moule, mais le lendemain deux cent trente-six personnes souffraient de gastro-entérite aiguë. Toutes avaient goûté à la spécialité de la maison. Pas moi, car j'étais trop occupé à saluer les amis, à sourire aux fournisseurs et à me souvenir du nom de chacun. Et ma femme non plus, car elle était trop occupée à s'assurer que je salue les amis, que je sourie aux fournisseurs et que je me souvienne du nom de chacun.

J'avais une femme. Elle m'abandonna quatre semaines après l'ouverture du restaurant. Selon ses dires, elle ne pouvait plus me supporter. Elle m'avait prévenu. « Tu es en train de devenir insupportable », me répétait-elle. Mais je ne l'écoutais pas. J'étais bien trop occupé avec le restaurant. Si les menuisiers, si les bancs, si les réfrigérateurs, si les carreaux des toilettes, si la hotte de la cuisine... Pour ouvrir à la date prévue, on avait dû trimer dur, ma femme et moi. Moi, surtout. La nuit avant la fête, quand on avait constaté que le miracle était devenu réalité, que les maçons et les électriciens avaient fini leur travail, que l'entreprise de nettoyage avait tenu parole, que les fournisseurs avaient livré la marchandise à temps, on s'était assis au zinc et, débouchant le champagne, on avait porté un toast. On ne se disait pas un mot. Non pas parce qu'il ne nous était pas nécessaire de parler, comme l'on dit des couples très unis. C'était plutôt un signe de lassitude. On était restés assis là, à caresser le zinc et le cul des tabourets comme on aurait caressé l'échine de chiens fidèles. Ce fut la dernière fois que je vis sourire ma femme. Le lendemain, les moules intoxiquées chamboulaient tout.

J'avais un certain prestige. Pendant onze ans, j'avais travaillé comme maître d'hôtel dans un restaurant très fréquenté de la ville. J'avais suffisamment bien fait pour gagner le respect des gens du milieu — presse spécialisée incluse — et, surtout, de la clientèle. Quand j'ai décidé de devenir autonome et d'ouvrir *Le Romesco*, tous m'ont applaudi. Les gens du milieu m'ont félicité et dit qu'il était temps. La presse spécialisée m'a promis son appui et les clients ont juré qu'ils viendraient voir. Mais les moules du jour de l'inauguration mirent un terme à cette brillante carrière : parmi les deux cent trente-six personnes intoxiquées se trouvaient six critiques gastronomiques, deux propriétaires d'hôtels, trois propriétaires de restaurants, six cuisiniers, un adjoint du maire et huit journalistes. La réaction fut foudroyante. Trois jours plus tard, les premiers articles commencèrent à paraître. Implacables. Même ma femme, qui avec son pessimisme habituel avait prévu une attaque furibonde de la part des intoxiqués les plus influents, fut étonnée par la virulence de ce qu'elle lut.

J'avais l'habitude de lire les critiques gastronomiques. Elles me plaisaient beaucoup. La ponctuation, la description des plats, le style utilisé pour vanter les mérites d'un repas ou pour le critiquer, la façon dont on combinait l'information et l'opinion, tout me plaisait. Parfois même, je découpais les articles et les rangeais dans un dossier que je consultais souvent afin de relire un paragraphe ou, même, l'article au complet. Mais quand je vis les papiers consacrés à mon *Romesco*, ils furent loin de me plaire. Dès la troisième ligne, je commençai à suer, comme ces auteurs de théâtre que l'on voit dans les films et qui, le lendemain de la première, attendent les critiques des journaux afin de savoir s'ils doivent se suicider ou, au contraire, sauter de joie. J'aurais dû me suicider. La presse était dévastatrice. Je déplorai surtout le fait qu'aucun de ceux qui écrivirent n'avait soupé ou dîné au restaurant. Ils étaient seulement venus à la fête et avaient goûté aux moules froides en vinaigrette. Ils voulaient simplement se venger.

J'avais peur que la nouvelle ne se répande. Et la nouvelle se répandit. « *Le Romesco* est horrible », disait la rumeur. Le deuxième jour des Jeux, le restaurant était presque désert. Le soir, un seul client se présenta, un homme étrange qui garda ses lunettes de soleil pendant qu'il soupait, qui parlait uniquement français et souriait beaucoup. Il me posa de nombreuses questions. Sur le restaurant, sur le vin, sur les plats. Je ne l'ai pas reconnu immédiatement, mais je sais à présent qu'il s'agissait de Bertrand Tremblay, un des critiques gastronomiques les plus prestigieux et les plus influents du monde. C'est un homme indépendant, exigeant et qui a, de plus, la réputation d'être impartial. L'opinion de Tremblay est sacrée. Moi-même, je garde dans mon dossier deux exemples mémorables de ses critiques, une sur *Le petit zinc* de Paris et une autre sur la *Casa Lucio* de Madrid. La première illustre comment on peut démolir un restaurant en seulement trente-deux lignes. La seconde représente un échantillon de critique constructive. On n'a jamais publié la photographie de Tremblay. Il ne veut pas être reconnu. Il veut travailler en toute liberté. Comme le jour où, par malchance, il nous visita.

J'avais l'impression d'avoir échoué. Malgré tout, je continuais à travailler. La critique de Bertrand Tremblay arriva en plein mois d'août, deux jours après la cérémonie de clôture des Olympiques. C'est le propriétaire du restaurant où j'avais travaillé qui me l'apporta. Il entra au Romesco et, curieusement, ne me sourit pas. Il me tendit la main et m'accompagna jusqu'au zinc. Et là, exactement comme s'il était le patron, il demanda deux coupes. Avec solennité, il déplia un exemplaire de la meilleure revue du monde en matière gastronomique, éditée en France, qui publiait un reportage sur la Barcelone olympique. Trente-deux lignes. Je ne connais pas beaucoup le français mais j'en savais assez pour comprendre ce que disait Tremblay. Un extrait : « Cette espèce de restaurant a la chance inouïe de posséder un client en or. Le seul, sans doute, que ne trouble pas une carte infecte, le seul qui ne s'étonne pas de voir le mauvais vin chiffré deux fois plus cher que partout ailleurs, le seul qu'enchante un service totalement ahuri et qui ose se régaler d'une cuisine dont on ne voudrait pas dans une cantine de soldats abrutis et affamés. Ce client, c'est le propriétaire, qui y traite volontiers ses nulles relations d'affaires et ses invisibles amis. Mais alors, pourquoi paraît-il si content ? » Et, sous l'article, la signature de toujours : Bertrand Tremblay, Québec.

J'avais les mains moites, le cœur brisé, les yeux tristes. Mon ancien patron, venu en tant qu'ami, fut sincère, comme on suppose que le sont les amis. Il me donna un conseil : « Ferme. » Si j'attendais six mois et que je rouvrais ensuite, sous un nouveau nom, en changeant un peu la décoration et avec une autre personne à l'accueil — il me suggéra ma femme —, peut-être pourrais-je m'en sortir. « Peut-être », répéta-t-il. Je le remerciai pour ses conseils, et on se quitta sur une embrassade. Je ne l'ai jamais revu. Cinq minutes plus tard, je commençais à boire, en cherchant à mélanger le plus grand nombre possible d'alcools. Je dus boire beaucoup, car lorsque je m'éveillai j'avais un bras dans le plâtre et je gisais sur un lit d'hôpital. En ouvrant les yeux, la première chose que j'entendis fut la voix de mon père. « Ça fait huit jours qu'il dort », dit-il avec résignation. « Huit jours et demi », corrigea alors la voix de ma mère. Je ne trouvai pas le courage de répondre et refermai les yeux.

J'avais un restaurant. Ma femme le vendit pendant que j'étais à l'hôpital. L'acheteur fut le propriétaire du restaurant où j'avais travaillé. Mon ami. Ils se mirent d'accord rapidement. Puis, ma femme fit ses valises et s'enfuit du pays, à destination de Rio de Janeiro, semble-t-il. Avec l'argent de la vente, bien entendu. Elle me laissa à la banque un demi-million de pesetas et une courte lettre disant qu'elle ne pouvait plus me supporter. La lettre me fut remise par mes parents qui m'avaient tenu compagnie durant les huit jours qu'avait duré le coma. Il me dirent aussi qu'ils m'aimaient beaucoup et que je pouvais compter sur eux. Que si je voulais ouvrir à nouveau un restaurant, ils étaient disposés à me prêter leurs économies. « C'est peu, mais peut-être en auras-tu assez pour redémarrer », me dit mon père. Je me suis mis alors à pleurer et quand l'infirmière entra dans la chambre et nous vit, tous les trois, enlacés et pleurant, j'eus l'impression qu'elle aussi laissa échapper une larme, mais blanche comme son uniforme.

J'avais un caractère extraverti, ouvert et optimiste. J'aimais danser, chanter, faire du sport, j'aimais les animaux et les disques de Bobby McFerrin. Mais cette histoire me rendit méfiant, paresseux, maussade, presque aussi pessimiste que mon ex-femme. Et vindicatif. Aussitôt sorti de l'hôpital, je commençai à penser à me venger. J'allai vivre chez mes parents avec l'idée de me remettre sur pied rapidement. La nuit, j'ourdissais les détails de divers plans qui ne pouvaient échouer. J'avais pour cibles Tremblay, mon ex-femme et mon ami, dans cet ordre. Je décidai de n'utiliser aucune arme. Ni pistolet, ni couteau, ni mitraillette, ni bombe à retardement. Je ne voulais pas non plus les empoisonner ni leur trancher la tête d'un coup d'épée de samouraï : je voulais tuer de mes propres mains. Je m'étirais les doigts, les regardais et l'eau me venait à la bouche seulement d'imaginer comment je les étranglais : mon ex-femme bronzée par le soleil de Rio de Janeiro, mon ami sur le zinc d'acier inoxydable du restaurant et Bertrand Tremblay en quelque recoin de Québec, la ville d'où il écrivait toutes ses critiques maudites.

J'avais une vague idée de l'endroit où se trouvait Québec. Au Canada, pensais-je. Mais il se trouva que non. Que Québec était la capitale d'un pays, le Québec, de la même manière que Barcelone était la capitale de la Catalogne. Que le pays et la capitale portent le même nom me parut le signe d'un manque d'imagination (semblable à celui des parents qui donnent à leurs enfants leurs propres noms, de sorte que si le père s'appelle Nestor et le fils s'appelle aussi Nestor et que quelqu'un téléphone et demande : « Est-ce que Nestor est là ? » personne ne sait s'il veut parler au père ou au fils). Dans un guide touristique, je lus que Tremblay devait participer à la fête de présentation du programme d'activités des Médiévales de Québec, une sorte d'olympiade médiévale, selon ce que j'en ai compris. « C'est le moment ou jamais », ai-je pensé. J'allai m'informer. Pour arriver à Québec en avion, avec Iberia, il fallait passer par Montréal. Et pour arriver à Montréal depuis Barcelone, il fallait passer par Madrid. Avec KLM, cependant, il y avait une autre combinaison possible : avion Barcelone-Amsterdam, avion Amsterdam-Montréal, autocar Montréal-Québec. Qu'une compagnie aérienne utilise un autocar me sembla extraordinaire. De toute façon, les avions me font peur. Je n'hésitai par une seconde et achetai un billet Barcelone-Québec, via Amsterdam.

J'avais une idée toute faite sur le personnel des compagnies aériennes. Je pensais qu'il n'était pas humain. Que lorsqu'on fabriquait les avions, on fabriquait aussi au passage les hôtesses aimables et sereines, les agents de bord inexpressifs et ces commandants à la peau bronzée et à la voix virile, tous conçus sur le même modèle, mélange de Charlston Heston et de Burt Lancaster. Le voyage d'Amsterdam à Montréal confirma mon idée. L'avion traversa une zone de turbulence. Pendant quarante-quatre secondes, il piqua du nez : hurlements, lacérations, évanouissements, prières, pleurs, adieux. L'équipage, en retour, affichait une sérénité quasi insultante. On aurait dit que le danger ne l'atteignait pas — je suis convaincu qu'il ne l'atteignait pas. Si l'avion avait pris feu et explosé en mille morceaux de métal carbonisé, il aurait survécu, cela ne fait aucun doute. Au bout de quelques jours, on l'aurait retrouvé sain et sauf, dans un canot pneumatique : les hôtesses sereines et aimables, les agents de bord et les commandants discutant d'une voix virile, le profil au soleil, la cravate intacte.

J'avais le sentiment que l'on n'arriverait jamais. On arriva pourtant. L'aéroport de Montréal était comme celui de Barcelone, sauf pour la couleur, qui était noire. L'architecture, un mélange de complexe d'infériorité et de délire de grandeur, produisait un effet semblable à ces plats baptisés de noms archilongs et qui, en réalité, sont une sorte de présentation minable, un éloge au brio de celui qui les a cuisinés mais une insulte pour celui qui les mange. En suivant les indications, je trouvai l'arrêt de l'autocar qui devait me conduire à Québec. J'étais l'unique passager. Le conducteur était un homme grand, blond et barbu qui, malgré l'intense noirceur de la nuit, portait des lunettes de soleil. Il parlait anglais. Quand il mit le moteur en marche, j'ai commencé à avoir *vraiment* peur. En comparaison, le commandant était un conducteur modèle. Tout en conduisant, le barbu riait comme un pirate fou naviguant sur une mer tempétueuse. Il lui manquait seulement la jambe de bois et la flasque de rhum. Chaque changement de vitesse était une victoire, chaque courbe une excuse pour faire résonner un rire plein de cicatrices. J'ai alors pensé qu'il s'agissait d'un ex-pilote que la KLM avait condamné à conduire des autocars après avoir découvert qu'il avait provoqué, par négligence, un accident important, de ceux que l'on voit à la télévision, avec des cadavres en abondance, des sirènes, des couvertures et des journalistes qui assurent la liaison avec les studios.

J'avais hâte de tuer Bertrand Tremblay. J'arrivai à l'hôtel — un motel luxueux mais bon marché — et, malgré l'heure tardive, je m'informai du trajet pour me rendre à l'hôtel Hilton où avait lieu la fête de présentation des Médiévales de

Québec. Je dormis beaucoup, mais mal. Le lendemain, vers onze heures moins le quart, je quittai l'hôtel. Comparée à Barcelone, Québec est une ville propre, petite et silencieuse. Contrairement à tout ce que j'avais imaginé, il n'y avait ni neige, ni pluie, ni vent, et les gens avaient bonne mine. L'air était sec et frais et les rares nuages semblaient cloués à un ciel typiquement bleu ciel. Malgré les indications de la réceptionniste, je me perdis. Après avoir longtemps erré, j'arrivai à une sorte de promenade maritime qui, au lieu de donner sur la mer, comme à Barcelone, donnait sur un fleuve, puissant et ample, qui portait le nom d'un saint. La majorité des rues du centre portaient aussi des noms de saints. Sainte-Anne, Sainte-Famille, Sainte-Angèle et, finalement, Saint-Jean. Comme je ne m'en sortais pas, j'entrai dans une librairie pour demander où se trouvait l'hôtel Hilton. La libraire était une femme aimable et rieuse qui, pour répondre à ma question, dut interrompre sa lecture.

J'avais peur. Et s'ils ne me laissent pas entrer ? Et s'il y a un contrôle rigoureux des invités ? me demandais-je. Il n'y eut cependant aucun problème. La porte de l'hôtel Hilton était ouverte à tous. Dans le vestibule se trouvait un groupe d'Américains autour d'une douzaine de valises. Un peu plus loin, un bar, de ceux avec beaucoup de tapis et un pianiste apathique. J'allai en direction du zinc et je demandai une bière. Elle était bonne. Après avoir essuyé son front mouillé de sueur, le pianiste commença à jouer la mélodie du film *Le Docteur Jivago*. Tout d'un coup, il se mit à ressembler à Omar Shariff. En allant chercher ma seconde bière, je demandai au garçon où avait lieu la présentation des Médiévales de Québec. «Premier étage», répondit-il. Quelques minutes plus tard, j'observai de nouveau le pianiste : il jouait, à ce moment, *Un homme et une femme* et ressemblait à Jean-Louis Trintignant. Je pris l'ascenseur jusqu'au premier étage. Mes mains tremblaient un peu mais je me sentais confiant, convaincu de ce que j'avais à faire. Je respirai profondément et, quand s'ouvrirent les portes — cinq secondes plus tard —, je sortis d'un air décidé, prêt à étrangler Bertrand Tremblay.

J'avais une idée très claire de ce que je voulais faire : localiser Bertrand Tremblay dans l'assistance et attendre l'occasion de le tuer. Si ça ne se passait pas là, au premier étage de l'hôtel Hilton, ça se passerait ailleurs. Tout simplement. Je fus étonné de me retrouver au milieu d'une fête. Il y avait foule, et une armée de serveurs qui allaient et venaient dans le salon en servant des coupes de vin blanc. Je n'en pris aucune. Je supposai que la majorité des invités étaient des hommes politiques et des hauts fonctionnaires, une sorte de Comité médiéval international chargé d'organiser ces curieuses journées. La décoration du salon n'avait rien de médiéval. Afin de passer inaperçu, je me plaçai à côté d'une grande affiche ornée d'un heaume et annonçant les activités des Médiévales de Québec. « Pendant neuf jours, le Vieux-Québec deviendra un musée vivant consacré au Moyen Âge. La ville pavoisée accueillera les meilleurs éléments des fêtes médiévales européennes, scènes de vie quotidienne, défilés, tournois, joutes et des milliers de figurants », y lisait-on. Je me retournai. Un serveur passa et faillit trébucher. Derrière lui se trouvait Bertrand Tremblay. Nos regards se croisèrent. Je le reconnus ; lui, non. Malgré tout, il me sourit, machinalement, comme la plupart des invités.

J'avais l'impression que tout allait trop vite, mais je décidai de ne plus penser. Je suivis Tremblay du regard. Il saluait tout le monde, mais il était clair qu'il n'avait pas envie de s'arrêter, qu'il voulait arriver de l'autre côté de la salle, qu'il était pressé. De loin, je devinai la lumière verte indiquant les toilettes. Je m'en approchai, discrètement, jusqu'à ce qu'il ouvre la porte. J'entrai à sa suite, mais je ne le vis pas. J'entendis un bruit derrière la dernière porte. J'avançai en m'efforçant de ne pas faire de bruit, presque sur la pointe des pieds. Heureusement, personne n'entra. Au bout de trois minutes, il actionna la chasse d'eau. Quand il ouvrit la porte du cabinet, je la repoussai violemment sur lui, de façon à le frapper à la tête. Pendant quelques secondes, il perdit le monde de vue. Je l'agrippai par les revers de son veston et lui assenai un coup de genou à l'estomac, très fort, si fort que Tremblay tomba à terre. Il se retourna, l'air surpris. Il n'eut que le temps d'ouvrir les yeux. Je me suis rappelé l'article, *Le Romesco*, les jours à l'hôpital ; je m'assis sur lui et commençai à l'étrangler, avec force, sans faiblir, lui enfonçant la pomme d'Adam avec les pouces. C'était la première fois que je voyais les yeux de Tremblay. Ils étaient d'un vert bleuâtre, qui rappelait la couleur du fleuve Saint-Laurent. Ils devinrent rouges. Puis noirs. Puis, je les fermai.

J'avais mes raisons de me sentir fier de ce que j'avais fait. Pour ne pas sortir par la même porte qu'à mon arrivée, je pris un escalier mécanique jusqu'aux galeries commerciales sous l'hôtel. À mes côtés, des badauds flânaient, s'attardant devant les vitrines des boutiques. Personne ne me regardait mais, malgré tout, je me sentais observé. À tout hasard, je mis mes mains dans mes poches. Je m'approchai d'un kiosque à journaux. La majorité des journaux reproduisaient, en première page, à propos de la signature d'un contrat qui le faisait millionnaire, la photographie d'un joueur de hockey souriant et suant, à genoux sur la glace, brandissant d'une main un bâton victorieux et, de l'autre, un casque protecteur. Le visage du joueur n'exprimait pas seulement la victoire. C'était comme si, plutôt que de se sentir heureux d'avoir gagné, il éprouvait l'orgueil d'avoir écrasé et humilié son adversaire. Ce n'était pas une expression très sportive ; c'était plutôt une expression belliqueuse, propre à un seigneur féodal, à un propriétaire terrien cruel et médiéval. Médiéval, en effet, c'est bien le mot.

GILLES PELLERIN

Changer de quartier ?

Finaliste en 1992 du Prix du Gouverneur général du Canada avec *Je reviens avec la nuit* (L'instant même), Gilles Pellerin faisait paraître son premier recueil de nouvelles, *Les sporadiques aventures de Guillaume Untel,* dix ans plus tôt. Chez lui, les motifs noirs côtoient la veine fantastique et le récit intimiste, le tout traversé par une critique constante de la culture contemporaine. « Changer de quartier ? » propose une version atlantique (réelle !) de la ville qu'il habite depuis vingt ans.

L a voir souvent et en cachette, voilà qui l'aurait comblé. Au lieu de quoi, il la voyait tous les jours au travail, de son bureau (elle qui marchait comme on réinvente la marche), dans les corridors, près du photocopieur ou dans le bureau du responsable de section. (*Voir* possède tellement de significations, la plupart décevantes.) Ils se saluaient ainsi que le font les collègues de longue date. Leurs bonjours n'étaient pas exempts de courtoisie, de celle que commandent le service et les bons usages, « Ça va ? » immanquablement interrompue par le gloussement du téléphone qui laisse à peine le temps de répondre « Pas mal. Et toi ? » ou par une réunion intersectorielle, « Tu m'excuseras, je suis en retard. » Quelque chose dans les yeux, évidemment, ou dans le ton de la voix, pour suppléer à la carence des mots et à la précipitation du boulot, quelque chose qu'on aurait pu prendre, sans grand risque de méprise, pour de l'estime ou de la connivence.

Il leur manquait toutefois la prose, les phrases qu'on allonge pour y inclure l'autre, pour suggérer que le présent est habitable. Cela tient à peu de choses, on peut parler du film que présentait la télé, la veille, qu'on a *vu*, et dont l'effet ne saurait être complet parce que l'autre n'y était pas, assis près de soi, et qu'on ignore ce qu'il en aurait pensé au moment précis où l'idée que l'on se fait de la vie exige qu'on entende une opinion ou une impression sur le cinéma, les chaussons à la viande, le prénom de la fille du président américain ou le bruit de la débâcle sur la Chaudière. Une opinion, juste à côté de soi.

Il leur arrivait d'aller casser la croûte ensemble dans un de ces petits restaus du Quartier latin, où le patron sait encore vous saluer, vous distrait de ce que vous mangez en compagnie de touristes plus pressés que vous-même qui êtes attendu à 13 h 30. Il vous détaille la table d'hôte en vous donnant l'impression qu'il a songé à vous en la préparant et qu'il n'attendait que vous, votre assentiment. Vous savez alors que vous êtes à Québec. Le filet de turbot en acquiert un goût particulier. Il fait oublier sa modicité et que les minutes vous sont comptées.

Un jour, il avait dû la rejoindre dans un de ces établissements de la Grande-Allée qui se sont emparés des demi-sous-sols des anciennes maisons bourgeoises. Le mois de mars se prenait pour lui-même, fort en gueule, il avait neigé jusque tôt dans la matinée, puis le soleil s'était montré, théâtral, fier à l'avance des pores qu'il creuserait tantôt dans les bancs de neige. Il ne l'avait pas trouvée tout de suite, le passage soudain de l'éblouissement à la pénombre le laissant quasi aveugle, livré au noir tumulte des fonctionnaires affamés et agités au-dessus de leurs assiettes.

Elle était assise, la tête penchée de côté sur le menu, le reconnaissant bientôt, lui indiquant la place qu'elle avait gardée pour lui, enjouée dans le geste et le timbre de la voix. Pour la première fois, ils étaient assis côte à côte ; pour la première fois, elle serait avec lui sans qu'il ne la voie. Comme il arrive quelquefois quand on a été heurté de plein fouet par la joie — car tout lui avait été agréable, le cliquetis de ses ustensiles, l'écriture qu'elle jetait dans son bloc-notes, ses reparties quand on en était venu à l'élaboration du calendrier de travail avec les représentants de la Sodéco —, il avait ce soir-là été pris de mélancolie, du désir d'une occasion inverse : il arriverait le premier, c'est elle qui le retrouverait, surprise, la rétine pleine de la lumière de fin d'hiver. Il entendrait sa surprise, il la verrait sur ses lèvres, et ses lèvres tout de suite sur ses joues, une, deux, trois fois. Sentir sur ses épaules et dans tout le corps le voltage de ses mains.

*   *   *

Quelque chose n'existait plus et il en avait été. En entrant au travail, ce lundi-là, il devina son absence, et cette absence avait une telle opacité que chacun s'en était aperçu, avait demandé si elle était malade *ou quoi ?* en souhaitant qu'elle le fût, pour repousser le pire.

Le pire, justement. Le viol. Elle avait appelé au bureau, elle ne viendrait pas, elle avait décidé de ne rien cacher, elle demandait un congé car on lui avait laissé entendre que les démarches seraient longues. À son avocate répondrait un avocat. Et tout le reste qui conduit devant le juge et dans les pages des faits divers.

La nouvelle l'avait déchiré. À hauteur des côtes. Il se demandait de quelle souffrance incommensurable elle pouvait être frappée pour que lui en ressente si douloureusement le lointain contrecoup. En rendant son souper, il se sentait abject d'être un homme, d'appartenir au sexe de violence et d'incompréhension. « Salaud ! » la bile parlait, « écœurant ! » mal, « hostie de salaud ! » tout croche, « ciboire d'écœurant ! » des cris entre les hoquets, « cibouère d'écœurant ! »

Elle lui avait dit, après une réunion, combien elle appréciait son souci de la précision, de la phrase complète, de l'idée vêtue. Elle avait dit « vêtue », s'en était excusée tout de suite par peur qu'il ne comprît « travestie », « arrangée »,

« camouflée sous les beaux mots ». Au contraire, le compliment l'avait transporté. Il ne cherchait en somme qu'à résister à l'euphémisation, à la périphrase, aux approximations qui ont contaminé les salles de réunions.

Là, à genoux dans la salle de bains, mouillé de sueur froide, il n'éprouvait plus que le sentiment de carence. L'homme abject. Et pas capable de sacrer, ciboire, et incapable de faire autrement. Pas appris à sacrer.

* * *

L'homme : exclu. (Et l'on se dit que l'homme, pour cette femme-là, ç'aurait pu être soi.)

* * *

Une fois par année, en avril, et cela dure quelques heures à peine, Québec a les pieds dans l'Atlantique. Cette sensation forte et douce vous enveloppe dès que vous sortez de la maison. Un temps d'est — il n'y en a pas si souvent. Des senteurs de fleuve : de temps en temps ; mais là, la mer. La certitude soudain que Québec s'est échouée.

L'air est pris de torpeur devant Québec au mouillage. Il ne vous viendrait pas à l'idée de dire du brouillard qu'il est irréel comme cela se lit souvent. Il est au contraire tellement palpable que vous cédez à la palpation de l'air, que vous vous découvrez même si vous pressentez le crachin, vous ouvrez votre encolure pour ne rien manquer de l'*atmosphère*, mot qu'en cette circonstance magique vous irez jusqu'à prononcer en l'écoutant s'enfoncer dans l'air liquide.

Vous ne vous expliquez pas comment le temps a pu ainsi virer pendant la nuit. La ville a-t-elle été transportée sur la côte ? La mer est-elle revenue dans un ancien lit ? Le temps s'est décousu, le fil du temps s'est rompu : vous pourriez marcher dans une époque que votre méconnaissance de la paléontologie vous empêche d'identifier. Vous n'êtes plus d'accord pour descendre du singe : vous venez de la mer, vous saluez en pensée grand-papa protozoaire. Vous êtes d'une humeur radieuse, vous marchez comme une flamme, un feu Saint-Elme. Un coup d'œil à gauche, à droite, personne : vous joignez les mains sur la bouche, en pavillon, et sonnez la corne de brume.

Le chemin Sainte-Foy vous ramène à maintenant. Il n'a pas changé. D'où qu'on la considère, la sinuosité en faux plat qui monte vers Notre-Dame-du-Chemin appelle à la marche. La frondaison prochaine ne sera pas mâchée par des bêtes tout en cou. On n'est qu'en avril, les plus grosses bêtes sont des autobus, avec des lenteurs de diplodocus. Le chemin Sainte-Foy a fait le voyage à la mer avec vous.

Mais pas elle.

Peut-être est-elle encore couchée, peut-être étire-t-elle le petit déjeuner. Samedi. L'homme ne connaît rien de sa collègue quand on est samedi. Il voudrait mettre des mots, de la prose sur cette impression maritime qui s'est emparée de lui et du quartier, au risque de s'en tenir à des pronostics (la pluie viendra, grosse, erratique ; demain il neigera — la dernière fois). Une boîte téléphonique, là-bas. « Le crachin sent fort et bon, mais il ne sait pas où se déposer. Dans ce paysage idéal, il manque ton visage. » Une chose, et plusieurs autres, qu'il ne dira pas, car la boîte est déjà derrière. (Quand la famille est réunie autour de son père, celui-ci se plaint de l'absence de l'un d'entre eux, au point d'en oublier que les six autres sont présents ; comme son père, il n'arrive pas à faire son bonheur de ce qui lui est donné : il lui faut mesurer ce qui lui fait défaut.)

Pourtant elle marche aussi dans l'air atlantique. Ailleurs, pas très loin. Québec est en somme minuscule. Elle, elle n'évalue pas le bonheur à l'échelle de ce qui lui manque. Elle marche, c'est bien assez.

Ce qui ne lui interdit pas de penser à lui. Lundi, elle compte lui demander son avis car elle croit comprendre, là, tout d'un coup, ce qui rend Québec si différente des autres villes nord-américaines. Ça ne tient pas à l'âge, mais à une attitude inscrite dans la configuration du lieu. Québec se dresse, cela a frappé les anciens explorateurs, elle se dresse comme si elle allait bondir sur l'île d'Orléans. Elle fait résolument face à l'est. En Amérique, go west young man. Go to San Francisco. Québec regarde derrière, Québec se souvient de la doulce France, des Normands, des Celtes — et elle éprouve comme ça de la sympathie pour les Indo-Européens. Québec s'est figée dans la nostalgie des origines.

Lundi, elle ne lui en parlera pas, elle oubliera peut-être à jamais cette nostalgie née des senteurs atlantiques car alors elle rencontre l'agresseur, qu'évidemment elle n'appelle pas ainsi. « Ça va ? — Et toi ? » Ils pourraient en rester là. Ils se connaissent à peine : elle sortait ses meubles et lui emménageait dans son ancien logement. Ils ont eu des politesses d'escalier, elle avait pris du retard (un frigo qui fait des manières sur le palier) ; lui s'est montré conciliant.

« Viens voir ça. »

Spontanément, elle refuserait. D'ailleurs elle le fait, mais pas assez. « Tu vas voir si c'est beau ! » Il y a maintenant de l'exclamation dans l'air. Ça jure un peu avec l'atmosphère, mais allez donc expliquer ça. Et ce sentiment d'effraction que rien ne dissipe une fois qu'ils sont entrés. Tout a bougé. Pour le mieux. Du papier peint, il ne lui serait pas venu à l'idée d'en poser sur les murs, enfin pas dans une maison dont elle n'était que la locataire. Elle le félicite. Il compte habiter là longtemps, « autant rendre l'appart beau ». Elle ne connaissait pas *son* logement sous ce nom.

L'eau du café qui bout lui rappelle l'humidité ouateuse du matin. Elle voudrait n'être accompagnée que d'une chanson. Elle ne proposera pas de sortir, de retrouver le brouillard éphémère, cela tiendrait de l'invitation. Déjà assez difficile d'en accepter une (« D'accord, mais pas longtemps ») qui vous mène dans l'impudeur du lieu qu'on avait fait sien.

En entrant, ça sent le lit défait. Le malaise vient bien avant que l'agresseur ne s'excuse du désordre et ne la guide dans le salon, le bureau, puis la cuisine. C'est qu'elle a droit à la visite commentée : telle correction apportée à une plinthe, la pose d'une applique murale qui donne tellement de gueule à ce qui n'en avait pas, l'orientation ingénieuse des enceintes acoustiques. Chaque maison, croyait-elle, sécrète sa propre intimité ; elle ignorait que la même maison puisse à ce point changer d'humeur. Elle se demande un moment si les femmes ne se mettent pas toujours à la disposition de quelqu'un, de quelque chose. Elle a ressemblé à un appartement qui a maintenant pris les allures et odeurs d'un nouvel occupant. Et l'a oubliée. Vieillir prend un nouveau sens.

Au procès, elle utilisera le mot « effraction » pour nier, mal, qu'elle ait pris du plaisir avec l'agresseur, réfuter qu'en définitive l'initiative soit venue d'elle, Votre Honneur, qu'elle ait aguiché celui que l'avocat désigne comme son client. Elle hésitera alors, se sentant coupable de la première effraction, y fût-elle obligée par l'insistance du client, mais qui l'introduit dans une maison compromettante, au nom de sentiments que l'avocat se dit prêt à comprendre et à accepter s'ils n'incriminaient son client — et on le croit puisqu'il les énumère et les explique si bien : n'est-il pas évident qu'elle a cédé à la nostalgie d'un logement simple et coquet et que cela l'a induite à séduire le client pour retrouver le bien-être des années précédentes, bien-être auquel elle a imprudemment renoncé en déménageant ? Et, ne soyons pas bégueules, Votre Honneur, y a-t-il une sensation comparable à celle qui succède à l'amour ? Que ne ferait-on pour la retrouver ? N'est-ce pas ce qui pousse les êtres les uns vers les autres ? Etc. L'évidence même.

Elle devra tout raconter, comment ils se sont rencontrés ce matin-là, à une heure, monsieur le juge, où le client avait bien autre chose à faire qu'agresser une femme ou à souscrire aux réminiscences de qui regrette son ancien logement sans l'avouer. Suivent quelques statistiques sur l'incidence de l'heure sur le comportement sexuel des hommes de race blanche au Canada. Elle a été prévenue : en face se trouve un des meilleurs avocats de la défense dans ce genre de cause. Elle se demandera si le simple fait d'être détournée de sa promenade sur les rives de l'Atlantique ne lui a pas fait aussi mal que ce qui s'ensuit, la timide tentative d'échapper au *tour du propriétaire* qui ne l'est pas, puis au café qu'une fois rendue là on ne peut pas vraiment refuser. Qu'on boit rapidement avant de se lever, en évitant de regarder le désordre de la chambre et en risquant une blague qui pourrait servir d'épilogue, « Pas besoin de me raccompagner, je connais le chemin », mais qui n'acquiert pas la valeur de laissez-passer escomptée.

Elle ne se rend pas compte tout de suite que la porte ne pourra pas être ouverte, elle se sent seulement à l'étroit au moment de se retourner et de saluer, il veut lui faire la bise. La visite, le café, mais pas la bise. Il est sur elle.

« Voyons ! »

C'est son dernier mot, une manière de demander ce qui

se passe quand ça se passe déjà, sur elle (le client, c'est les seins, par-dessus le chandail, dans le blouson ouvert, sous le chandail), en elle, sur le parquet.

« Pourriez-vous indiquer à la cour si vous portiez un soutien-gorge ? »

Elle regarde l'avocate : un des meilleurs avocats dans ce genre de cause ?

« Objection ! Mon honorable confrère pourrait nous épargner les détails. »

Objection rejetée. La cour estime qu'il ne faut rien négliger qui puisse permettre de jeter un peu de lumière sur le cas. Rien n'interdit de penser que la cour bande quand la plaignante répond : « Non, pas de soutien-gorge. »

« La défense a-t-elle d'autres questions ? » Il faut croire que cela suffit : pas de soutien-gorge.

*   *   *

Un viol ordinaire, elle n'arrive pas à se représenter la chose autrement qu'en ces termes, un viol ordinaire. Elle ne sait pas quand l'affaire a commencé pour le client. Si elle avait regardé les yeux, sans doute qu'elle aurait senti monter son désir.

Mais puisque ce n'est pas du désir.

Elle regardait ailleurs. Dehors. L'air qui l'attendait et qu'elle n'était plus sûre de reconnaître par la fenêtre.

Quand ç'a été fini, il a relevé son pantalon, attaché sa ceinture, pris la direction de la cuisine. Il restait du café. Elle est repartie sans un mot, elle a descendu l'escalier intérieur en pensant au frigo récalcitrant. Sur le palier, elle s'est prise pour un frigo. L'escalier qu'on descend avec peine.

* * *

Elle ne l'aurait peut-être jamais revu. Suffisait de se taire. De s'interdire les alentours, ne plus faire ses courses dans la rue Cartier. Il y a d'autres rues commerçantes. Au besoin, de déménager à Limoilou. De changer d'habitude : écouter la télé, par exemple. D'excellentes émissions quand on s'abonne à la cablodistribution. Elle y a pensé : un viol ordinaire, des mesures ordinaires comme savent en prendre les femmes dans ces cas-là.

D'abord elle s'est enfermée, a baissé le store, s'est couchée genoux levés, n'a pas dormi. C'est plus tard qu'elle se rendra compte que sa position lui rappelle les tables d'accouchement. Cela n'a pas de sens. Ou c'en a trop : étriers, table de torture, expulsion, délivrance, ouverture du corps, travail. Et si le corps ne s'ouvrait plus ? Elle n'a jamais pensé à des enfants avant ce midi. Pourquoi faut-il que ça se passe ainsi ? Elle pleure.

Quand c'est fini, elle ouvre le bottin téléphonique. Les pages jaunes. Avocats : elle cherche des noms de femmes, des adresses pas trop éloignées. Elle restera dans le quartier. Elle *poursuivra*.

La cause sera difficile, autant qu'elle le sache tout de suite. Aucune blessure apparente, pas de lésion (il est arrivé à l'avocate d'apporter des rapports médicaux en preuve lors d'un procès récent, de jeter des photos avec fracas). L'âme souillée, seulement. Assez peu photogénique.

Effraction. Elle hésitera quant au mot parce qu'il la ramène avant le viol « présumé ». C'est avant qu'elle a mal, dès le moment où elle rencontre l'agresseur, qui la détourne de sa promenade vers l'est. Elle n'avait rien à faire, abordait la journée sans résolution, et l'autre surgit, « Viens chez moi, ça t'embarrassera, le lit n'est pas fait, tu feras effraction et je te rendrai l'effraction pour l'effraction ».

On ne raconte pas le viol présumé ainsi. Elle hésite donc. Ce qui n'échappe pas à la défense. (L'agresseur se défend, on l'appelle d'ailleurs autrement : le client.) Regardez la défense réclamer des preuves, des traces de violence, visibles, Votre Honneur. L'avocate rétorque que c'est précisément pour cela que l'affaire est soumise à l'attention du tribunal. Elle parle d'effets invisibles. Invisibles pour la médecine. La psychiatrie ? La psychiatrie aussi. On n'a pas le droit de forcer une femme.

Elle n'aurait pas dû dire « invisibles » et elle l'a répété. Non plus que « forcer ».

Parce que les traces, le juge veut les voir. Comme pour un cambriolage. Il ne fallait donc pas penser « effraction ».

« La forçaient-ils, Votre Honneur, tous les hommes qui ont fréquenté le domicile de mon client à l'époque où la plaignante y vivait ? » Il s'agit en somme de se demander si elle y a déjà reçu des amants. On dépose des objections. Parfois retenues par la cour. L'essentiel est que le propos se déplace, que l'effraction remonte dans le temps.

« Redoutable dans ce genre de cause. » L'avocate parlait-elle seulement de la défense ? Et la cour ?

*   *   *

Québec fuit. Par saint Ferron, le ciel de Québec fuit. La pluie, si souvent. Des crues venues de la montagne. Des marées prises de folie. Nous irons tous à Val-Bélair lalaire. Abandon de la ville, abandon de la capitale : premier ministre recherché.

Le reste de la vie politique tient dans un seau troué. On pratique la fuite organisée. D'abord faire circuler la rumeur que tel ministre entreprendra le grand ménage (appelé *réforme*). Puis laisser la lumière allumée dans certains bureaux. Changer de bureau à chaque semaine. Consigne au personnel politique : se composer des visages fermés à double tour. « Ça doit être sérieux... » Si par malheur on n'écoute pas assez aux portes, certaines informations, erronées, vraies, sortiront d'elles-mêmes, feront la manchette. « Selon des sources généralement bien informées... » Cela permet de tâter le pouls dans le secteur concerné, de vérifier l'humeur de la population, de mesurer l'indice de nervosité, de brouiller les pistes. Laisser s'écouler deux sondages à propos des intentions de vote. C'est à ce moment que les syndicats, ces lourdauds, commencent à s'agiter, que les corps finissent par s'entrechoquer. Laisser mijoter, attiser au besoin à l'aide d'une déclaration et d'un démenti rapide. La rumeur s'enfle, la confusion s'installe si bien que le ministre a toute latitude pour agir.

Au procès, la défense use de la même politique d'inadvertance calculée. Des mots sortent du seau comme des asticots savants, « Loin de moi de prétendre que la plaignante est une agace, Votre Honneur », des asticots domptés qui sont capables de mieux, au terme d'un raisonnement savonneux, la plaignante est misogyne, l'avocate hurle « Objection ! » Son Honneur ne comprend pas qu'on trouble ainsi la cour, il faut lui expliquer le mot (ainsi que tous ceux qui comportent des y, mais cela ne ferait qu'empirer les choses car il retiendrait inéviablement *hystérique*), à l'œil qui s'allume, on en déduit qu'il a tout compris. La plaignante ne saurait être misogyne. Mais castrante.

* * *

Le procès continue.

* * *

La défense plaide. La plaignante, aplatie par les avocasseries, passe un quart d'heure sous l'Arche de la Défense à Paris. Sur le parvis, près de l'accès au métro, un ordinateur vous indique comment rentrer chez vous. Il suffit de composer le nom de la rue et l'écran affiche le chemin le plus court pour vous y rendre.

Elle a tapé *Québec*, une fois, pour rire. Elle raconte que l'ordinateur s'est étranglé dans une quinte de toux, que de la fumée en est montée. Elle regrette de ne pas avoir essayé *Stadaconé*.

Le retour à Québec est brutal. Elle se rend compte qu'elle vient d'*attaquer* quelqu'un en justice, elle qui sait à peine se défendre, et pas du tout quand elle est acculée contre une porte fermée.

Le juge demande au jury de se retirer. La défense rayonne et se retire avec l'intimé en lui passant la main sur l'épaule. Dans la salle, un homme sourit, que l'intimé reconnaît comme l'un des témoins, un homme lui envoie un clin d'œil et lève le pouce. Ça sent donc tellement la victoire...

* * *

Pendant des mois, il a cherché à débusquer les hasards ou les circonstances qui lui permettraient de la retrouver à table — mais pas trop souvent : on aurait pu jaser. Maintenant qu'il est privé d'elle, il change de talle, quand la température le permet, se met à fréquenter les restaurants du quartier du Palais, qu'il ne connaît pas. Le système bécébégé contourne maintenant le cap en rénovant tout sur son passage, en changeant, alchimie contemporaine, les *trous* en condos. Il se rappelle être descendu du train à la brunante, il venait à Québec se rendre compte du genre de vie qu'on pouvait y mener. Un restant de lumière orangée s'était accroché aux tourelles des petits hôtels et de ce qu'il avait pris pour des maisons de passe sans oser y aller voir de plus près. Il avait grimpé dans la ville haute, vu un panneau qui promettait l'intersection des rues Vallière et Saint-Vallier, passé près d'un *Arsenal* puis d'une boîte, *Le cercle électrique*, qui fleurait le haschisch jusque de l'autre côté de la rue, un Américain lui avait demandé du feu, il avait répondu que s'il n'en avait pas, par contre dans la boîte ça devait pouvoir se trouver.

Les restaurants du coin sont fréquentés par les avocats. Il surprend les conversations des tables voisines. Un midi, un homme, ses enfants et l'avocat célèbrent une cause de divorce qui a bien tourné. L'homme de loi ressemble au joueur de cartes qui rejoue sa victoire au profit de la tablée. Le nouveau divorcé semble perdu dans ses pensées. Il lève son verre, le cœur n'y est pas. Les enfants ne font même pas semblant.

* * *

Après chaque ajournement, le client a droit au réconfort de quelques copains. Les bars chic ne manquent pas dans le quartier. Il découvre les bières importées, quoiqu'il préfère rester à jeun le dernier soir. L'émotion. Ce en quoi il aura raison car le lendemain il est acquitté.

* * *

Quoi de plus facile pour un aussi redoutable avocat que de dénicher le nom de quelques « amis » qu'il assignera et qui confirmeront, sous serment, et avec des trémolos dans la voix, avoir eu des « relations intimes » avec la plaignante qui, dans ce cas, ne se plaignait pas, semble-t-il. La défense n'utilise jamais le mot « amants » dans cette phase de l'interrogatoire, se rabattant sur une pudeur alourdie de guillemets, d'allusions muettes.

Le meilleur avocat peut se tromper : au nombre des amis figure le collègue prévenant. C'est que la défense s'est crue au prétoire et a extorqué sans le vouloir une interprétation de quelqu'un du bureau qui a cru, au vu de la connivence manifeste, des dîners occasionnels et des dossiers communs, a supposé qu'elle et lui, enfin, vous voyez ce que je veux dire.

« Avez-vous eu des relations intimes avec la plaignante ? »

La réponse attendue par l'audience tombe, avec sa ration de tremblements : « Oui. » La plaignante ne songe plus à protester. De toute façon, elle ne s'y retrouve plus. Le procès durerait encore une semaine qu'elle finirait par croire la défense. On n'ira pas jusque-là : la voyant anéantie, l'avocat déroge à la stratégie de la pudeur, « Qui de vous ou d'elle a pris l'initiative de... ? » Chacun dans la salle parierait que le témoin est incapable d'initiative.

C'est à ce moment et seulement là que le témoin se parjure. Oui, il a eu des relations intimes avec sa collègue, il la porte dans son cœur depuis des mois, elle l'habite. Non, il n'ont pas couché ensemble, même si ses omissions calculées donnent à entendre le contraire.

Quand le verdict est prononcé, le témoin se trouve dans la salle, invisible sinon du client dont il requiert l'attention, de nouveau, par un sourire et un pouce levé. Le client en éprouve un singulier malaise : qui est-il celui-là pour se réjouir de l'issue du procès ?

On entoure l'innocenté, on l'amène dans un bar, il est ému, il craque, les gars sont prostrés : cette affaire aurait pu lui causer un tort irréparable. Songe-t-il à poursuivre à son tour, pour diffamation ou que sais-je ? Il croit que tout ça a assez duré. L'essentiel n'est-il pas d'être rassemblés ici, entre amis ? Seul dans un coin, le témoin se montre d'accord. À partir de maintenant, il sait qu'il va compter le temps.

*   *   *

Un soir, il estime qu'il a suffisamment compté. Depuis des mois qu'il surveille l'agresseur, il connaît ses habitudes mieux que lui-même. Ils se sont mis à fréquenter le quartier du Palais. Il se dissimule pendant que l'autre étale sa puissance nouvelle au bar, sur les tables de billard. Un jour : « Il a l'air de rien, mais faut se méfier : c'est un sacré batailleur » ; un autre : « Il fait des dettes. » Il n'en dit pas plus, il laisse agir le principe de la fuite.

Il a repéré un chantier de rénovation qui donne sur la rue Saint-Paul, d'où l'on aperçoit le Palais de justice. Il se planque au coin de la rue, le dos au mur de ce qui deviendra un autre condo. On a rafraîchi les joints ; l'odeur du mortier envahit la nuit. Il a la trouille, il s'oblige à penser à son faux témoignage, au divorcé qui n'arrivait pas à se réjouir du triomphe de la justice alors qu'il semblait en bénéficier. Il rejoint alors l'agresseur, « Vous ? » il émerge si soudainement du brouillard que celui-ci a peur pendant un moment. Quand il reconnaît enfin le témoin bizarre, l'homme au sourire et au pouce levé, il éprouve un malaise qui n'a même pas la décence d'être vague, d'autant plus que l'autre lui propose une bière, non : un café.

Le témoignage de ce type n'a-t-il pas permis à la défense d'emporter le morceau ? Le client ne lui est-il pas redevable de sa liberté ? Il pressent toutefois qu'il n'est plus le client.

Il se croit sauvé quand lui vient cette réplique : « Il vaudrait mieux qu'on ne nous voie pas ensemble.

— Soyez sans crainte. À cette heure et en ce lieu, aucun risque. »

Le témoin est déjà sur l'agresseur, ganté, armé d'un morceau de bois d'œuvre qui traînait là. Un coup de deux-sur-quatre au visage. Une fois, deux, trois. Il se sent abject d'appartenir au sexe de violence, il a besoin de se le répéter, de plonger dans l'abjection, car l'autre est par terre, sans défense, « salaud ! » et l'œuvre n'est pas accomplie, « hostie de salaud ! » un, deux, trois, sur les membres. Il ne touche pas aux schnolles. C'est sa façon de tuer pour elle. Qu'elle ne soit pas inquiétée par la justice qui siège de l'autre côté.

Il dit peut-être « bois d'œuvre » en rejetant le bâton. Comme il faut un motif pour tuer, il fouille les poches, retire l'argent du portefeuille qu'il lance ensuite comme un frisbee par une fenêtre ouverte. Le cadavre va rejoindre ses papiers d'identité. On le trouvera à l'ouverture du chantier, des échardes au menton, trois billets de vingt déchirés dépassant d'une poche. À Québec les créanciers ont l'humeur maligne.

Avant de partir, il le regarde une dernière fois comme pour la première fois. Le cibouère d'écœurant n'est pas assez mort. Le témoin enjambe à son tour la fenêtre et saute dans les entrailles de la maison. Un, deux, trois, dans les côtes.

Un meurtre banal.

Prendre le chemin de la maison car tout à l'heure il faudra vomir.

HUGUES CORRIVEAU

Botaniste et dessinateur

Poète (auteur d'une dizaine de recueils depuis 1978), essayiste, romancier (il a notamment écrit *Les chevaux de Malaparte*, Herbes Rouges, 1988, et *La maison rouge du bord de mer*, XYZ, 1992), Hugues Corriveau a révélé le nouvelliste en lui avec *Autour des gares* (L'instant même, 1992), recueil couronné par le prix Adrienne-Choquette. «Botaniste et dessinateur», prélude à une fin de siècle dans les côtes de Québec, nous le montre fasciné par l'ampleur de la mise en scène langagière.

L es azalées lui faisaient tourner la tête, qu'il avait hirsute sous le peigne. Les dents de plastique mou se coinçaient dans sa tignasse. Il restait étonné de ce que la tempête ne venait jamais à bout du chêne devant la maison, de ce qu'il n'y avait pas d'éclair assez puissant pour zébrer à jamais les façades des maisons d'en face. Chaque promenade lui était une aventure, tant les apparitions scandaient les pas, les enjambées, les courses au milieu des allées. Mais l'heure de ses promenades était parcimonieusement choisie, méditée. Pour l'instant, une dent du peigne, qui venait de tomber avec un bruit lugubre au fond du lavabo, l'enrageait. Sa chevelure résistait aux suppliques répétées des brosses ou des shampooings, de la même manière que les charrues, aux champs, évitent de tuer les vaches sur leur passage. La nature a ainsi des préventions pour ce qui ne bouge pas, est bête, ne mérite rien. Convaincu que les fils rêches de ses cheveux n'étaient rien d'autre que les illustrations de ses pensées débridées, il les regardait avec attendrissement, tellement ces émanations de son cerveau lui paraissaient troublantes, hérissées.

Le temps se couvrait juste assez pour qu'il ait le goût de sortir, de voir s'il n'y aurait pas une autre pousse arboricole, une autre apparition végétale dans les rues. Du moins l'espérait-il. Il s'embrouillait l'esprit à tant souhaiter que soit apparue une autre incision sur le macadam, de ces sortes de motifs que seules les villes pouvaient nourrir, faire éclore dans les interstices des pavés. Étourdi, il aurait déjà été en route n'eût été du cheveu qui lui piquait l'œil, de la rose penchée de façon sinistre dans l'aiguière sur la table de l'entrée qui, chaque fois qu'il la regardait, l'empêchait de franchir le seuil. Il devrait en couper la tige, changer l'eau, mettre le « Libera me » du *Requiem* de Fauré pour qu'elle survive un peu au cœur de sa vie de vase, d'agonisante. Il regardait la fleur telle une malédiction, la dent du peigne entre le pouce et l'index, qu'il faisait craquer devant les arbres et les effluves de la nuit enfin venue.

Il soupirait parce que l'automne n'achevait pas de lui annoncer la perte des végétaux qu'il voulait dessiner les uns après les autres, sans relâche, alors qu'il manquait de temps et de sagesse. Ce matin, n'avait-il pas été effrayé, tout juste au début de la côte de la Canoterie, alors que le dessin qu'il y trouva présageait la venue d'autres configurations crayeuses, sortes de mandragores mortuaires, si flasques qu'elles s'affalaient sur le sol, qu'elles y croupissaient ? Feuilles d'asphalte, imprégnée chacune d'une délétère blancheur chaulée, les figures avaient des contours humains. Les îlots oblongs qu'il avait aperçus à l'aube semblaient là pour lui, à cause de lui, parce que, justement, il ne sortait jamais si tôt, sa crainte de rencontrer un être trop vivant, trop cru, le tenant à distance des êtres humains et de la santé. Mais depuis le début du jour, depuis qu'il avait surpris la chose, il frémissait avec un mélange égal de plaisir et d'angoisse. Il s'excitait surtout du fait qu'il nommerait une nouvelle plante, sa révélation spécifique. Peut-être même lui donnerait-il son propre nom, preuve tangible de son passage sur terre.

Plus les jours s'étiraient et plus sa crainte de s'éloigner grandissait. Il redoutait de trahir son secret, celui de la côte, celui qu'il partageait avec une odeur de poudre et de matin. N'avait-il pas vu s'esquisser le profil, le galbe d'une structure végétale sur le ciment du trottoir, la tête posée bien à plat sur le sol ou appuyée sur le mur de brique d'un édifice adjacent ? Il avait scruté le profil de la bête ou de l'homme ou de la femme ou de l'objet comme s'il se fût agi d'un cercle magique au centre duquel danser ! Mais cela ne bougeait pas ! En professionnel du motif, il savait que cela ne remuait pas, n'articulait non plus aucun son. Le matin si tôt venu tapissait le mur d'humidité ; on aurait dit qu'il se fût agi de la peau elle-même qui suait. Alors, il eut peur. Il eut si peur ! Il n'approcha pas tout de suite, bien que la beauté du trait l'eût subjugué. Comment ne pas être séduit par cette finesse de la ligne, par l'irréalité de la présence ? Quand il reprenait conscience d'être là dans le matin, il tenait toujours à la main un bout de craie dont il aurait juré ne pas s'être servi. Tout sentait la rose, absolument. N'avait-il pas redressé la sienne dans son vase de faïence, juste avant de s'échapper de l'immeuble pour ne pas avoir sa perte sur la conscience ?

Quand il se promenait tranquillement dans Québec, une innocence engluée de remords ou de prémonitions le couvait, comme si la proximité du prochain supplice des victimes l'eût tenu au bord d'un précipice dont la crainte l'eût allégé. Et au centre de sa tête, une ébauche d'artiste, celle qu'il présumait inscrite déjà sur le ciment d'un trottoir, se gravait, indélébile, scarification immuable. Peut-être, en fin de compte, rien de tout cela ne changerait-il sa vie ? Il sortirait malgré la rose qui, dans son vase, se trouvait mal, quoiqu'il craignît de devoir traverser l'intersection de la ruelle de l'Ancien-Chantier et de la rue Saint-Vallier. Peut-être croiserait-il même une voiture qui aurait à son antenne une queue de bête ou une boucle de papier ? La ruelle des Bains, où il demeurait, n'était jamais assez sombre à son goût, jamais assez déserte. Il savait aussi qu'il sentirait les odeurs de varech et d'huile du fleuve beaucoup trop près, qu'il affronterait l'exhalaison des aubes antérieures qui, se répandant autour des sacs d'ordures, traînait toujours devant les balcons. Cela l'accablait.

Il s'échappa tout de même, juste après la rose et le vase et l'eau et les paroles et le *Requiem* et la porte qui avait claqué trop fort et l'escalier descendu à reculons pour ne pas voir ce dans quoi il se jetait et le cri d'un enfant au cœur d'une maison et la valise à croquis sautant sur les genoux et le projet de faire pousser un autre schéma de corps mou dans la côte Dambourgès. Il se laissa entraîner par une sorte de tension, d'exaltation que seule Québec, pensait-il, procurait aux artistes. Il n'aimait rien tant que ce moment recueilli où il s'apprêtait à se sauver dans l'exaspération nerveuse qui le stimulait. Il marchait, sa boîte de craies à la main, en route pour la côte, juste après la Canoterie. Il s'était promis de ne pas regarder si le canevas des cadavres, les profils à la poudre, les cicatrices indélébiles se trouvaient encore près des murs. Il fallait qu'il se méfie de lui-même, car il se connaissait trop bien, il savait qu'il voudrait sans doute se reposer à cause de l'essoufflement. Il se jurait d'avoir le courage de passer outre, de ne pas respirer, d'aller jusqu'au bout. Peut-être s'était-il levé uniquement pour avoir le plaisir de cette solitude urbaine, au moment où il découvrait, sur le sol, les impressions qui se répandaient, s'étiraient, grandissaient ? Ce seul désir d'en apprécier le trait, d'en dessiner le

contour, amoureusement, du bout des doigts, cette seule passion de palper le vide si plein de ces formes le transportait,
le fascinait.

La veille, à l'aube, il avait marché, à partir de la ruelle
des Bains jusqu'à un point de Québec que la nuit lui avait ins-
piré. Il avait pris, comme tous les matins, des bouquets entre
les phalanges, mous et ruinés depuis des semaines. Sur le
ciment du trottoir, le profil galbé de blanc d'un macchabée
escamoté semblait attendre qu'il passe, témoin indiscret.
Chaque fois, l'absence du corps n'avait cessé de le préoccu-
per et de le surprendre. Il ne comprenait pas la raison de cette
disparition insolite. La marque unique ainsi projetée conser-
vait la trace d'une humanité au cœur palpitant. On aurait dit
qu'on entendait encore les battements du muscle, le passage
rouge du sang dans les veines. Et pourtant, ce trou béant de
l'absent, désigné par le seul motif laiteux sur le sol, évaporé
et creux, lui suffisait ! Il y avait là, funeste à la manière d'une
rose fanée, l'indice d'un drame dont aucune sirène ne l'avait
averti, aucun bruit policier, aucun attroupement. L'empreinte esquissée du cadavre s'allongeait, la tête repliée sur
le mur. Stupéfié, il retrouvait chaque jour l'effet de surprise,
son étonnement. Il ne pouvait pas croire que, ni dans la
Basse-Ville ni dans la Haute, on ait pu garder silence sur le
jeu insolite de ses traces funèbres. Aucune radio n'en signalait la présence, aucun groupe ne menaçait le bon déroulement de la circulation. On aurait dit que, pour narguer les
passants qui interrogeraient peut-être la pierre afin de connaître l'identité de la victime, l'artiste leur avait donné des
poses étonnantes, une manière d'être qui aurait suscité un
discours, une oraison funèbre. Mais ne restait plus que la
ligne polie parcourant les flancs, suivant la tête et la pensée,
sorte de vivacité surgie de la matière, inhumaine et froide,

marquée du sceau de l'Ange, de la cadavérique vacuité noire de sa conformation dessinée. Et il avait eu peur !

Depuis l'aube, il avait craint de découvrir une autre figure indélébile d'une dépouille sur le pavé de la côte Dambourgès, où il se rendait. Il ressentait de la frayeur à entendre son pas, à repenser au métier qui était le sien : inventeur floral, botaniste crayeux. Sa main moite témoignait éloquemment de son appréhension. Même son pas toujours en train d'éviter la glaire qu'il crachait parfois sur les lignes du trottoir semblait ralentir afin d'éviter ces lignes que toujours, enfant, il s'interdisait de souiller de ses semelles sales. Une éprouvante inquiétude au ventre, il ne voulait pas savoir que sur la chaussée de la côte, malgré lui, quelqu'un avait déjà griffonné une sorte d'épure, maléfique sous sa texture d'œuvre d'art. Il ne voulait pas voir apparaître la preuve irréfutable d'une activité nocturne et clandestine. Le jour, chaque fois, aurait dû recommencer le monde, faire disparaître les plaies et le sang et les cris et la douleur.

Il marchait pendant que des voitures le dépassaient, ce qui le rassurait, ce qui lui faisait croire que rien, la veille, ne s'était produit. Sans doute avait-il rêvé le portrait sur la pierre, le canevas flou que transperçait la nuit dans la béance ouverte de sa manière ? Car il avait cette prémonition, inexplicable pour lui, qu'une fois encore le cadavre n'y serait pas, qu'il ne trouverait tout au plus que l'orbe mobile et glauque de sa vision troublée. Mais il avait suffisamment de conscience, en arrivant dans la côte, pour savoir qu'il ne rêvait pas, penché qu'il était, l'œil près des pierres polies, en essayant de déterminer quel sexe il fallait cette fois donner à l'apparence blanche. C'était au creux de son ventre une résonnance sans fin, une panique, tellement le fiel, il en était certain, tuerait encore une fois l'ancolie rouge, les pétales des asters.

Déjà, il savait que le lendemain l'ébauche ne resterait pas seule, qu'il lui faudrait recommencer son enquête sur l'insolite et le troublant des nuits de Québec. Car il y poussait tout de même des fleurs d'asphalte désordonnées, sorte de coléoptères fouissant les matières solides du sol et des rues ! Chaque fois qu'il revenait chez lui, il savait qu'il pourrait ajouter un paragraphe à sa flore urbaine. Ne devait-il pas écrire l'œuvre scientifique de sa vie, devenir la compétence irréfutable des seules pousses nocturnes des villes fluviales ? Il avait commencé depuis peu à accumuler quantité de pages qui étonneraient le monde. Ses fouilles étaient encore balbutiantes, mais il savait que la voie était propice. Depuis quelques jours, son terrain de recherche s'était étendu bien au-delà du coin de sa propre ruelle. Il avait eu l'audace d'explorer les alentours, et il avait été payé de sa peine. Suant, il disait à ses fougères de croire que les gerbes extérieures bientôt les rejoindraient, mises en des pots de grès sobres et solides, déposé chacun sur des piédestaux en onyx et en rubis, comme si les fortes et jeunes pousses allaient trouver au centre des palais de l'Orient le sanctuaire idéal pour procréer. Son style alambiqué prenait des allures de poèmes en prose, d'illuminations réminiscentes. Et il riait en parlant à ses plantes de ses découvertes, soulignant ici des pistils maculés de pourpre, dessinant là des frondaisons fauves qui dépassaient le faîte des buildings qu'auprès du fleuve il imaginait.

Ce soir-là, il perdit un cinéraire, dont le dernier pétale resta pris à son ongle qui le grattait. « Pour chasser les poux, se disait-il, les pucerons et les bêtes. » L'ornement lui mourut entre les mains, tel un signe. Il sortit. Il avait froid. Mais il sortit. Cette fois jusqu'à la rue Sous-le-Cap qu'il s'était toujours promis de ne pas dépasser de peur de découvrir de vrais cadavres et non pas des études à la chaux telles des preuves de vie avec leur valeur d'art quotidien, vivant, inscrit dans la ville, performances étonnantes de la lumière des aubes alors que les travailleurs pouvaient à chaque instant les découvrir. Chaque jour, il lisait les journaux pour savoir si quelqu'un s'était enfin inquiété de la présence incongrue de ces balises, de ces preuves irrévocables de son passage. Mais, de façon tout aussi absurde, il fut stupéfié d'apprendre qu'une enquête était bel et bien en cours parce que la police ne retrouvait pas certains restes dont le galbe, pourtant bien inscrit sur le ciment, témoignait de l'existence. D'autant plus que le nombre de traces gravées sur les pavés coïncidait justement avec un nombre précis de disparitions récentes.

Et il riait et il se levait pour s'exercer dans son atelier et il marchait et il arpentait les pièces et il ne savait plus où donner de la tête. Ses fleurs mouraient les unes après les autres suivant le rythme de ses balades. Il se sentait de plus en plus seul. Plus encore, depuis qu'il avait eu le courage de se rendre rue Sous-le-Cap où il avait perdu son temps avant de découvrir l'endroit propice, la pose, l'idéal effet de jambes et de bassin. Il n'avait trouvé le pli du cou que très tard, proche de l'aube, avec la frayeur d'être surpris ainsi penché au-dessus de l'icône blanc sur la chaussée, sur le ciment ou sur la pierre. Il s'était mis à genoux, après avoir terminé le nez, l'inflexion de la paupière, et il avait prié comme devant une pietà immobile et aurorale, tout près des larmes, devant ce qui flambait déjà de soleil entre les traits de craie. Le gagnait alors la panique d'être découvert avant d'avoir achevé son grand œuvre, sa fiction. Il lui fallait à tout prix, au hasard, sans trop d'exigence, se satisfaire du premier venu, de la première passante. Il l'eût souhaité ou grande ou gras ou laide ou mou, mais le temps pressait. Il avait dû renoncer aux critères esthétiques auxquels, bien longtemps avant, il s'était attardé. Tant pis, pourvu que sa flore naisse quotidiennement, tant pis pour ceux et celles que le hasard mettait sur sa route, tant pis pour le petit couic mortel, pour le bruit d'eau du sang répandu, pour la tristesse de leurs yeux de voir ainsi disparaître le monde. Quand Québec dormait, lui, il travaillait à la gloire botanique de la ville, folle expression artistique de sa passion.

Quand il entreprit de regagner sa maison, il pressentit que les quelques profils déjà allongés lui couperaient la route du retour. Il ne fallait pas que les victimes elles-mêmes puissent l'empêcher d'aller à son herbier nouveau et redoutable. Ne le préparait-il pas avec art et méthode, afin d'éblouir la communauté des herboristes, des herbivores, des herborisateurs de toutes sortes ? Son triomphe approchait, lui que la presse signalait maintenant comme l'unique artiste responsable de l'apparition de ces pièges morbides qu'à travers la ville on voyait sourdre telles des preuves de l'existence de la nuit, de sa vie, de son génie.

Il avait peur que ne meure sa *salvia superba*, seule survivante de ses premières amours. On devait bien en sentir les effluves jusque dans la rue Sous-le-Cap où il avait laissé, il y avait bien deux soirs maintenant, l'empreinte d'une mandragore, jaune cette fois, avec des traits roses et bleus, pour qu'on sache qu'un accouplement avait prélude à la mise à mal de la silhouette sur le terre-plein. Cette fois, il n'y avait pas eu de sang. Le trait restait précis et ferme, sans aucun tremblement, les courbes ne trahissant pas la moindre hésitation, la moindre nervosité. Bien qu'il ait eu plus d'appréhension que jamais à cause de la couleur, à cause de la transgression qui risquait de ne plus faire croire en une empreinte de police et d'enquête, à cause du raffinement trop précis de la différence des sexes mêlés de plantes ambivalentes, il avait été heureux du résultat, de ce qui, là, était né sous ses doigts. Il avait eu un peu d'affolement en entendant l'appel d'un bateau sur le fleuve, l'appel des sirènes de la mort en route vers l'hôpital, l'appel secret de sa propre serre où l'on mourait de soif. Il avait vu la réplique rehaussée de jaune, de rose et de bleu, et il sut que cela était bon, comme s'il se fût agi du dimanche de la Création. Il était enfin parvenu, rue Sous-le-Cap, à pendre à la pierre des cous exsangues et longs, retenus par des cordes de fils de fer, des têtes allongeant leur regard crevé en direction de la nuit qui enveloppait tout, telles des clématites. Il jouissait un peu de tout ce qui le ravissait tant, de tout ce qu'on pourrait écrire sur lui, sur son œuvre.

Depuis une semaine, il avait semé la confusion dans les esprits et six schémas de poudre que la police essayait non pas d'identifier mais de remplir de chair humaine, de viande identifiable. Tous disaient qu'on avait vidé ces curieux charniers durant les longues heures des nuits passées. Les traces de pas signalaient le rapt des défunts et il riait et il était hanté et il nourrissait d'engrais ses fougères jaunies et il remplissait son livre de corps-fleurs, beaux comme des lys tigrés sur de la neige.

Entre les pages de son herbier, il avait conservé intact un fusain pour le Septième Jour. Il avait eu le pressentiment qu'à ce moment-là seulement, il pourrait se rendre rue du Sault-au-Matelot, lentement, en empruntant d'abord sa propre ruelle des Bains, puis la côte de la Canoterie, puis la côte Dambourgès, puis la rue Sous-le-Cap tout en poussant sa charrette. Lourde qu'elle allait être sa charrette ! Avec son trait noir à la main, chaque geste deviendrait possible, le moindre soupçon superflu. Ainsi, malgré la lourdeur des fleurs de cimetières qu'il déposait avec prévenance au cœur de chacune de ses épreuves, il se sentait délesté. Il poussait sa petite machine. Il le fit jusqu'à l'épuisement, jusqu'à ce que chaque fosse blanche et crayeuse ait reçu enfin son gisant. Tantôt femelle, tantôt mâle pour que la suite du monde ait lieu, pour qu'on puisse butiner. La dernière page de sa flore urbaine était complétée, le livre beau et savant, les découvertes retentissantes. Ne lui restait plus que ce témoignage ultime qu'il devait laisser des motifs enfin remplis des os, des membres, des chairs aimées.

Mais il tremblait à cause du tohu-bohu des roues qui fracassaient le silence de la ville. Le brouhaha du roulement de sa brouette ne lui laisserait pas de repos tant qu'il n'aurait pas transbahuté tous les fidèles de son peuple au centre de leur catafalque respectif. Il ne voulait pas s'attarder aux chouettes et aux hululements macabres dans les arbres, au passage rapace de ce qui se réveillait. Il fallait qu'il comble chacune des fosses laissées vides durant cette longue semaine de recherches et de tâtonnements. Il marchait, las, jetant de temps à autre un supplicié à la dérive dans le lacet qui l'attendait dans sa pose extatique. Tantôt appuyés à un mur, tantôt, de tout leur long, affalés sur la route, les êtres de chair renaissaient dans leurs figures. Le passage incessant des voitures du jour avait rayé la délicatesse première des lignes crayeuses. Il en était accablé et soucieux. Il aurait voulu que tout soit exact et parfait, tellement cette entreprise renouvellerait la science des villes, sa pertinence. Mais Québec dormait encore, ignorante de ce qui la rendrait, en ce jour, fameuse.

Et subitement, la charrette fut vidangée, le bruit moins

insistant, la nuit plus oisive que jamais. Il poussa près du mur, avec un dernier roulement effroyable tant sa légèreté le surprenait, l'engin ; et, désœuvré, il pleura. Son travail prit à ses yeux, de façon impérative, une connotation triviale. Plus rien ne résistait. Il sentait que sa mission était achevée, qu'il ne pourrait pas assister aux découvertes de l'aube, au triomphe policier, ni lire les manchettes ni écouter les radios qui signaleraient qu'on avait enfin retrouvé les cadavres correspondant aux dessins que depuis plus d'une semaine un artiste avait tracés sur les pavés de certaines artères. Cette seule supposition de devoir lire ou écouter les inepties qu'on raconterait à son sujet, la dramatique certitude qu'on ne comprendrait pas vraiment la ferveur de son geste, l'ultime beauté de son entreprise, le terrassa. Et il sut quelle fin il devait donner à tout ceci, à quoi pouvait bien lui servir son précieux fusain.

Il fallait maintenant qu'il retourne s'engouffrer dans la rue des Navigateurs, s'y tenir coi jusqu'à ce qu'il puisse enfin, et en parfaite sécurité, utiliser son unique craie noire qu'il avait si bien préservée depuis six jours. L'air de la nuit crevait les sens, et il savait que chaque parfum de roses aurait pu, s'il avait souhaité en faire l'expérience, se résumer en une seule exhalaison puissante et fauve, nacrée et perverse. La nuit sentait l'essence et le moteur de bateau, la rue avait des relents de marins perdus au fond des cales immenses et subaquatiques ; ne restait plus en place, sous le balancement des fragrances au-dessus des toits, qu'une relative paix due aux douceurs du vent dans les arbres. Il tenait à la main sa craie et trouvait immensément désolant de devoir chercher la place idéale où s'étendre lui-même.

Il avisa tout à coup une urne de pierre et de roche incrustée de verroterie que chapeautaient à la fois un oiseau de grès et une vasque de faux marbre pleine d'une eau corrompue et sale. Le monde sentait la sueur de clochard et le passage répété de chiens urinant. Il s'assit, consterné de ne trouver pas mieux que ce miteux monument hostile ; mais il se mit avec application à représenter le contour de ses propres membres, replié qu'il était dans sa tentative de suivre les courbes biscornues du monument. Il se dédoubla. On voyait se former lentement une gravure noire que la nuit rendait invisible à ses propres yeux. Il prenait bien soin de souligner le contour de ses doigts, de ses jambes, de sa tête, de l'échine et du tronc, sous le bassin de la fontaine stérile. Surtout la tête qu'il voulait toujours lisse, ronde comme un œuf, sans jamais aucun cheveu électrique, sans plus de pensées tentaculaires, d'arborescences maladives. Propre le crâne, nu, abandonné à lui-même, circonférence douce et enfin livrée. Il ébauchait sa présence avec une application peureuse et artistique, comme il l'eût fait pour une plante nouvelle et sans nom qu'il eût découverte, perdue en une quelconque Amazonie plutôt que dans la rue des Navigateurs, à Québec, quand tant de momies fleuraient encore la peau décomposée dans les lieux avoisinants. Il avait semé ce qu'il avait trouvé de plus beau en ce monde et se créait lui-même au milieu de cette serre fertile de la ville, au cœur d'un trait si noir qu'il serait à peine visible au lever du soleil quand on viendrait, ainsi qu'on le faisait toujours, ramasser les ordures qui, çà et là, formaient de sombres bouquets déposés au gré des rues, dans les côtes ou dans les ruelles, surtout autour des places désertes de la ville encore fumante des brumes du matin.

Chez le même éditeur :

Parcours improbables de Bertrand Bergeron
Ni le lieu ni l'heure de Gilles Pellerin
Mourir comme un chat de Claude-Emmanuelle Yance
Nouvelles de la francophonie de l'Atelier imaginaire
(en coédition avec l'Âge d'Homme)
L'araignée du silence de Louis Jolicœur
Maisons pour touristes de Bertrand Bergeron
L'air libre de Jean-Paul Beaumier
La chambre à mourir de Maurice Henrie
Ce que disait Alice de Normand de Bellefeuille
La mort exquise de Claude Mathieu
Circuit fermé de Michel Dufour
En une ville ouverte, collectif franco-québécois
(en coédition avec l'Atelier du Gué et l'OFQJ)
Silences de Jean Pierre Girard
Les virages d'Émir de Louis Jolicœur
Mémoires du demi-jour de Roland Bourneuf
Transits de Bertrand Bergeron
Principe d'extorsion de Gilles Pellerin
Petites lâchetés de Jean-Paul Beaumier
Autour des gares de Hugues Corriveau
La lune chauve de Jean-Pierre Cannet
(en coédition avec l'Aube)
Passé la frontière de Michel Dufour
Le lever du corps de Jean Pelchat
Espaces à occuper de Jean Pierre Girard
Saignant ou beurre noir ? recueil collectif
Bris de guerre de Jean-Pierre Cannet et Benoist Demoriane
(en coédition avec Dumerchez)
Je reviens avec la nuit de Gilles Pellerin
Nécessaires de Sylvaine Tremblay
Tu attends la neige, Léonard ? de Pierre Yergeau
La machine à broyer les petites filles de Tonino Benacquista
(en coédition avec Rivages)
Détails de Claudine Potvin
La déconvenue de Louise Cotnoir
Visa pour le réel de Bertrand Bergeron

ACHEVÉ D'IMPRIMER
EN JUIN 1993
À L'IMPRIMERIE D'ÉDITION MARQUIS
MONTMAGNY, CANADA